珠江文丛

广州市文艺报刊社 主编

《诗词》集萃三百首

《诗词》编辑部 编

SPM 南方传媒　花城出版社

中国·广州

图书在版编目（ＣＩＰ）数据

《诗词》集萃三百首 / 《诗词》编辑部编. -- 广州：
花城出版社，2024.8
（珠江文丛）
ISBN 978-7-5749-0165-0

Ⅰ．①诗… Ⅱ．①诗… Ⅲ．①诗词－作品集－中国－
当代 Ⅳ．①I227

中国国家版本馆CIP数据核字(2024)第034651号

出　版　人：张　懿
责任编辑：陈诗泳　邱奇豪
责任校对：汤　迪
技术编辑：林佳莹
装帧设计：集力书装·彭力

书　　名	《诗词》集萃三百首
	《SHICI》JICUI SANBAISHOU
出版发行	花城出版社
	（广州市环市东路水荫路11号）
经　　销	全国新华书店
印　　刷	广州市岭美文化科技有限公司
	（广州市荔湾区花地大道南海南工商贸易区A栋）
开　　本	880毫米×1230毫米　32开
印　　张	9.75　1插页
字　　数	90,000字
版　　次	2024年8月第1版　2024年8月第1次印刷
定　　价	52.00元

如发现印装质量问题，请直接与印刷厂联系调换。
购书热线：020-37604658　　37602954
花城出版社网站：http://www.fcph.com.cn

序

韶濩千秋流韵，《诗词》一脉传薪。《诗词》自
1984年创刊至今，骚人贯出，或言承古以继先学，或
举兴革而图新变，皆标挺翰墨风骨，抖擞文章精神，
始成今日气象。

2012—2022年间，《诗词》已刊发诗词作品凡264
期，约8万首。今经推敲遴选，挑出其中诗词近300
首，汇编为《〈诗词〉集萃三百首》以出版。书中诸
作者各备作品一首，未必为诗人最得意之作，乃求众
彩兼蓄，诸贤共梓。

《〈诗词〉集萃三百首》既广罗国内南北佳作，
亦兼收海外来玉，灼灼舒葩，馥馥播馨。所录作者少
长咸集，牛渚泛月，各骋所长，如切如磋，如琢如
磨。书中作品或咏史怀古，或纪事感怀，或记游即
景，或托物述志，皆韵律典正，率情而生，沉思翰
藻，拔乎类萃。

诗词，乃于精练文字中见深远意境。《〈诗词〉

集萃三百首》，亦堪由一斑之间窥见珠玉璨然之诗坛今景。风雅年年盛，文章代代新。《诗词》期待天下奇俊更挥椽笔，来振诗藻。

《诗词》编辑部

目　录

CONTENTS

1

2016年

2019年

2021年

2022年

2012
年

高阳台 登南昌滕王阁

　　遥对西山，近依南浦，负城更又临江。杰阁重寻，一时意绪纷扬。流丹耸翠层霄上，是思成、仿宋摹唐。千三年、卅劫难磨，饱历沧桑。

　　元婴画堞今何在？论千秋胜事，最是思王。一序长传，顿成莫铄金章。落霞孤鹜齐飞处，看长天秋水苍凉。更开怀、俊侣相携，正待高翔。

边城延吉新岁祝友

（广东）高旭红

万里归来把酒时，琼花玉树喜催诗。

何妨饱蘸松烟墨，写取春风第一枝。

（原载《诗词》2012年第4期）

贺新郎 丁巳赠雪逸兄

（广东）杨永权

腑肺凭谁诉。正西窗、斜光绕户，笑谈今古。快倚东风拂绢素，染出青山媚妩。碧溪上、淡烟疏雨。水态云容诗思好，便年来踏遍吴中路。风满袖，柳丝舞。

梦回惊觉春归去。算如今、长缨在手，韶华能住？休问龙泉三尺剑，空负十年未铸。更休问、长鲸能驭。来日莫嗟人易老，驾扁舟一叶明河渡。残夜尽，东方曙。

（原载《诗词》2012年第8期）

咏高速公路

（广东）刘斯奋

忽然着地忽腾空，万辆长驱疾似风。

撑起神州新速度，方知此路是强龙。

（原载《诗词》2012年第13期）

金缕曲 种瓜

（广东）叶文范

兀兀三弓地。怅篱边、黄花愆引，白瓜争媚。百朵彩云来歇足，九派茫茫景霁。好光景、精心打理。惬意蜗庐冰夜永，况飞萤照壁微光对。栖偃仰，抱祕睡。

菜根可比侯鲭美。更别离、诗囊钱袋，夺旗摩垒。独步青门辛劳后，回首颐年如逝。但乐趣、农人多矣。扑面严霜随时到，看芳尘藕孔今何世。山雨落，海风起。

（原载《诗词》2012年第14期）

2013
年

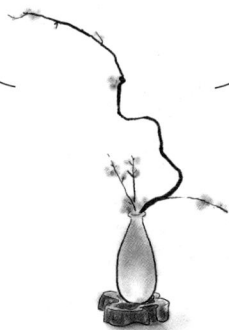

遥祝熊公鉴九十大寿

（广东）巩书

昌黎迁岭峤，开统播千秋。

东坡谪南海，百世仰风流。

二公入粤来，谁敢小粤讴。

文章思载道，吾道长悠悠。

古调终不振，因循不他谋。

有唐张曲江，清澹为新畴。

有明梁屈陈，风骚抗中州。

我手写我口，近世推黄丘。

陈言务尽去，开辟新大洲。

公亦居南粤，鸿藻逼斗牛。

与聂开风气，与李携同俦。

圣朝重闲赋，宗朱多封侯。

闻道长安弈，太息望长楸。

大雅看沦落，后学谁知羞？

萎靡日以长，颓风势难收。

浩劫因王造，至道在冥搜。

公自奋迅起，笔如匕首投。

字字泣血诉，民瘼安难瘳。

长啸在路边，德行倡敦修。

振铎醒愚顽，听诗敢忘忧。

晚辈心慕蔺，识荆无缘由。

闭门操翰墨，固陋知未优。

遥闻公鲐背，斗胆步唱酬。

献寿更称觞，岂为秉烛游。

祝公安且康，笔墨老更遒。

（原载《诗词》2013年第1期）

题画梅八四年游孤山归来写梅偶成

（天津）孙乃一

一夜朔风吹，天山雪千尺。

漫漫空万里，太息独拄策。

临窗写冰蕊，铁骨凛荒陌。

笔下生青苔，悬壁动魂魄。

犹闻笛三弄，罗浮梦清夕。

处士影横斜，叹非西游客。

云道法自然，泥古原不适。

我自写我心，离心定非则。

诗翁何所钟，雪海凝春碧。

倩谁月下吟，归去依顽石。

（原载《诗词》2013年第4期）

水龙吟 咏龙游石窟

（澳门）冯刚毅

古时久蛰群龙，横空一夕都飞去。苍山落落，空潭寂寂，还归甚处？石窟宏深，彩光幽闪，七星棋布。剩无头石像，手持宝剑，空惊愕，犹难悟。

不尽千花万树，斗星移、但凭虚度。残铜已蚀，尽销兵气，或非武库。吴越春秋，可成臆测，又将乖误？问陈年石壁，鱼图鸟篆，究因何故？

（原载《诗词》2013年第5期）

赴羊石途中寄丘君

（广东）周泽楷

霜秋客子策南行，又载诗花贩穗城。
明日经营浑不管，先携雁字报丘生。

（原载《诗词》2013年第5期）

满庭芳

二〇一一年十二月十日晚观月全食有感

（广东）林素芳

冰镜团团，星光淡淡，落叶零乱空庭。夜深人静，看那月亏盈。黑暗如期慢蚀，一寸寸、吞没无声。谁怜我，寒风独伫，热泪滴轻轻。

伤情。心似月，偏遭影食，顷刻难明。恨流水门前，不肯留停。怎觅当初那片，纯净意、浅照清清？凭栏久，银钩渐露，呵手已成冰。

（原载《诗词》2013年第8期）

2014
年

秋晚过石门村

（广东）麦仲立

临川望潮涨，剑气动秋雯。
石破天门启，江开鼓浪分。
帆风水侵岸，晚日火烧云。
聊寄将归处，行歌入浦闻。

（原载《诗词》2014年第2期）

忻州怀古

（江苏）钟振振

三关多壮节，千古几雄争。

山有奔腾势，水无柔媚声。

大农劳馈饷，颇牧作干城。

微此风霆护，哪容云雨耕。

（原载《诗词》2014年第4期）

东风第一枝　岁杪寄人

（广东）九尊

倦柳仍梳，夭桃始绽，东风始接新燕。浅寒薄雾时来，嫩绿飞花密转。眉山重展，惊叠拆、鱼书鸿雁。喜不禁、往日情怀，尽在锦笺驰念。

添几番、笔词缱绻。余一缕、思丝凌乱。云中寄意逡巡，碧落梦魂系绊。霓灯璀璨，听九陌、马蹄声渐。问此际、两望登临，执手故人天远。

（原载《诗词》2014年第7期）

高阳台　广州城郊水乡忆旧

（广东）梁鉴江

　　古渡呼舟，鱼郎钓岸，微飔鸭背斜阳。酒上桃腮，风熏柳丝初长。无端一阵敲窗雨，到沙边、草碧沙黄。看河桥、苓箸随流，水漫渔梁。

　　高闾深巷家家井，正穿街屐响，挑菜人忙。踏石登瀛，谁人细理丝簧。榕荫未尽家常话，听檐前、犬吠蚝墙。叹而今、入目新愁，怕说沧桑。

（原载《诗词》2014年第10期）

满庭芳　读秦观词

（广东）翁钦润

琥珀金樽，清宵霁月，素手轻挑琵琶。残荷纤雾，孤馆笼轻纱。古道西风冷落，荒草没、满径黄花。斜阳外，闲云漫卷，碧树逝寒鸦。

离离，幽涧草，荆篱豆圃，山野人家。暮桥落丹枫，白露蒹葭。茅店酒残无语，倚栏望、带水烟霞。霜风紧，征鸿难觅，随梦到天涯。

（原载《诗词》2014年第18期）

2015
年

鹧鸪天　送妻到杭州做家政

（浙江）朱鸿飞

北站班车次第行，与君一别各浮萍。未曾执手稍流泪，却似交心亦有情。

人渺渺，雁声声，相思从此更分明。夜来明月添离绪，拨号杭城话武城。

（原载《诗词》2015年第1期）

鼓浪屿观海边巨石

（湖北）刘久明

巍巍巨石海云边，蚌女涛峰雪浪旋。

料是秦皇鞭漏处，木兰藻绿碧连天。

（原载《诗词》2015年第2期）

踏莎行 天山天池

（江苏）程启瑞

翠滴峨巅，雪披绿树，天池碧水千秋注。白云乡里笑声哗，蟠桃花放寻常处。

叠嶂层峦，峰回岭阻，风光塞外无重数。生平踏遍万重山，难忘西域天涯路。

（原载《诗词》2015年第2期）

读陈寅恪先生《唐代政治史述论稿》

（广东）毛谷凤

史料纷呈史识精，大师手笔鬼神惊。

府兵制度何时废，玄武门楼镇日扃。

斧影烛光传内苑，宦官藩将毁长城。

有唐三百年间事，历历兴亡眼底明。

（原载《诗词》2015年第2期）

癸巳春尽

（广东）古从新

又向风前惜落英，辞枝睹影遣离情。

穿花爱看双飞蝶，织柳遥闻百啭莺。

烟雨新愁春易尽，云泥旧忆路难平。

由来开谢随时节，偏有伤怀咏不成。

（原载《诗词》2015年第2期）

秋感

（广东）杜岳

小立楼头忆逝波，元龙豪气渐消磨。

清风皎月秋空碧，曾与佳人夜对歌。

（原载《诗词》2015年第2期）

适闲堂自咏

（广东）丁思深

我本等闲材，燕知非鹰隼。

私心细较量，虫蛙当默泯。

任运随化迁，不耽人讥哂。

衫屦未趋时，自适知宽紧。

不曾媚长官，盘折伤腰肾。

不忧绳牖瓮，米盐迫催窘。

数息南窗下，酣然名心尽。

譬如在藻鱼，去来自惬允。

忘情太上篇，枉歌相挽引。

友朋多好音，我无刻烛歇。

（原载《诗词》2015年第2期）

蓦山溪　探肇庆藏龙沟

（广东）卢耀斌

龙蜓深壑，五彩骊珠烁。清涧起微澜，任红叶、随流漂跃。岸崎林老，深草野虫鸣，声隐约，风正掠，可是龙醒觉？

沉潜历古，昂首向寥廓。净气吐幽溪，惹行旅、来寻神魄。露濡游屐，澄境脱红尘，怀自旷，心绝浊，便解龙吟乐。

（原载《诗词》2015年第2期）

赏弘仁《松溪石壁图》

（广东）梁二白

纵横意会笔全神，咫尺黄山百象真。

石壁撑天云未倦，松风吹绿水长春。

谁谙野老行依处，知是蒲团坐断尘。

古衲冲寒禅有性，云林风骨见仁人。

（原载《诗词》2015年第2期）

赞广东高速公路建设

（广东）梁任坤

车行缩地见真功，万里龙游越碧空。

道不扬尘平似砥，人能逐日胜乘风。

遥遥异省成邻里，叠叠群山扑眼瞳。

高速宏开何境界，飞舟绿海展无穷。

（原载《诗词》2015年第2期）

与国武兄游曾国藩故居荷叶塘

（湖南）佘汉武

也许当年属救星，荡平巨寇作干城。

虽然事业依庸主，毕竟家书惠后生。

威德有情人共仰，江山无恙道重兴。

流光上溯二千载，肩并武侯树典型。

（原载《诗词》2015年第3期）

水龙吟 黄山揽胜

（广东）叶健添

任他五岳归来，无兹殊胜情迷幻。秦陵倒海，裴田泻玉，风流云散。骚客襟怀，白云苍狗，意长吟卷。望丹崖夹石，绿萝牵挽，岩峣处、天都见。

拔地中天帝殿，缆冲虚、数峰青点。天衢开阔，石宫明朗，金炉香远。白鹿源头，青牛水畔，仙踪寻遍。拟填词赋隐，淋漓醉墨，出徽州砚。

（原载《诗词》2015年第3期）

水调歌头　石峰堡怀古

（甘肃）吴新文

　　欲吊前朝事，重对石峰秋。断枪残堡犹在，鼙鼓已休休。烽火当年山下，十万军声策马，浩气压曹刘。为谢苍生泪，高祭虎臣头。

　　时不济，碧血尽，志难酬。遂教多少豪杰，舍死亮吴钩。君看云中仙阁，人道侯门玉阙，歌舞阻飞鸥。应记金河水，冲浪可翻舟。

（原载《诗词》2015年第4期）

烛影摇红

甲午岁晚立春后一日重踏溪头问李

（广东）朴斋

葭管禧春，青梅孕豆山如黛。李花省识旧时人，故作临风态。素靥柔荑一派。认溪山，芳踪可待。皑皑团霰，簇雪盈溪，痴云半岱。

昨梦犹温，当年侧帽沿溪戴。今宵谁与送斜阳，人在天涯外。放浪旗亭难再。任相思、牵萦六载。丛篁依样、白发徒添，画图空载。

（原载《诗词》2015年第5期）

瑞鹤仙　过珠江南岸庄头村怀素馨花

（广东）郑榕根

几回迷径折。觅旧日花田，楼连巷接。惆怅向谁说。问晓风还记，芳华如雪。叩尘奈叠。空欲认、遗钿香屑。忆前番、斗斛升量，曾占珍丛清绝。

凝咽。一色芳妍，无端已付，卖花声歇。幽怀切切。更那堪，轻抛撇。但漂泊墙阴，单衣院落，犹是孤标抱洁。待甚时，遨蟾再对，豁襟馥冽。

（原载《诗词》2015年第5期）

鹧鸪天　游荔浦丰鱼洞

（广西）韦善通

叩得龙门入洞天，流光钟乳各争妍。腾蛟起凤花如幻，醉在瑶池久欲眠。

辞仙境，上楼船，暗河古岸尽蛮烟。恐龙怪兽相迎送，一棹漂浮二亿年。

（原载《诗词》2015年第5期）

雨霖玲 吊方孝孺

（湖北）刘礼君

京师云黝。不堪题诏，掷笔山抖。陈琳拍案称快，宾王折服，惊呆豪右。敢触婴鳞捋虎，竟何计休咎。灭十族、将奈吾何？大义无存岂安苟。

书生力薄狂澜骤。对忘仁、弃义相嘲诟。儒林甚赞骄子，冰雪里，一枝梅秀。告慰精魂，怀尔如椽大笔操守。乘吊往、借问钟山，掷笔还存否？

（原载《诗词》2015年第6期）

满江红 绣谷飞云

（江苏）程润生

山势凌空，常年是、飞云缭绕。云涌过、雾来霾去，树吟风啸。一抹远峰遮日暮，千林禽语鸣天晓。望樵径、悬瀑自飞流，如雷叫。

姿天阁，何时倒。古今事，总难了。更山峦洞壑，荡飘如岛。极顶仰观天宇近，凝眸俯瞰尘寰小。正前方、郊野举炊烟，穿林表。

（原载《诗词》2015年第8期）

满江红　云台山潭瀑峡

（湖南）方明山

出峡泉清，潭影动，空山流碧。波光闪，悬崖千尺，珠飞玉滴。路转溪回来复去，山鸣谷应连还隔。挟古津、银汉下天梯，奔腾急。

山不老，花光集。泉不老，人尤惜。看岫云斜抱，雾消峰屹。红树落英归断涧，清池洗砚留残迹。别云台、一步一回头，嗟无觅。

（原载《诗词》2015年第8期）

甲午孟秋下浣访珠海凤凰山普陀寺

（广东）郭伟光

笛引高虹古港湾，十方法雨协安澜。

星垂筏远天围海，鸟集云深树满山。

煮茗炉明风扫叶，贮泉缸净露滋兰。

境由心造容参谛，小立潮音柱石间。

（原载《诗词》2015年第9期）

瑞鹧鸪　友人绘赠《梅竹图》赋谢

（广东）侯俊中

　　世人漫笑老夫痴，恨与渠侬结伴迟。惜竹不除当路笋，爱梅仍护碍门枝。

　　东坡宁可食无肉，和靖常夸隐有妻。难得画师怜寂寞，相贻尺幅发幽思。

（原载《诗词》2015年第9期）

甲午立春翌日重访溪头村赏李花

（广东）蔡诚轩

六年重到日煌煌，春入山前草木芳。

村外有花堪傲雪，溪边无处不流觞。

等闲似富新形态，只惜难寻旧景光。

借得枝头留一照，整冠李下又何妨。

（原载《诗词》2015年第9期）

高阳台

（江西）熊盛元

劫遇红羊，诗裁白雪，玉壶一片冰心。凤哕高梧，几人识此清音？灵珠还在蓬山外，到蓬山、珠已消沉。夜茫茫，万里鲸涛，何处追寻。

啸云楼上朝暾出。看群峰滴翠，四野铺金。彩笔银笺，芸窗细写丹忱。胸涵大别山头月，盼流光、照我吟襟。缔鸥盟，此地幽怀，付与青禽。

（原载《诗词》2015年第10期）

西溪赏秋芦　时芦花正盛也

（上海）张青云

载雪凉花扑钓船，蒹葭采采浩无边。

晶争月色非人境，白界溪光辨水堧。

万叶商声堪作警，十分秋气不成妍。

菀枯身世逢摇落，负手西风一惘然。

（原载《诗词》2015年第11期）

眺唐代邵谒读书台遗址

（广东）苏些雩

翁水绕翁山，荡荡拍山崖。

宛延东入海，中有白玉台。

台高盈百尺，历尽雪霜霾。

谁知千年外，曾筑读书斋。

一子昂然立，截髻弃官差。

发愤而读书，伤世遇虎豺。

每吟离骚句，一读一声哀。

有诗三十二，珪璋岂沉埋。

既忧贫士食，命薄等尘埃。

经年苦征战，荒草掩残骸。

嗟天无大道，翘首盼天开。

所以问皇天，借此抒襟怀。

我今遥拜谒，仰视古贤才。

哲人归大夜，中兴待良材。

春花时已发，细雨润天街。

更盼春雷劲，奋力我同侪。

（原载《诗词》2015年第14期）

龙山会

（广东）胡三白

结构云泉寄。为把胸襟，足养山林气。简居求静僻。山馆闭、纵策心怀都废。今古恨销磨，汰不尽、人间蒙昧。归来兮、存情物外，漫多遐思。

闲里种草观鱼，家酿山茶，试芋真情味。友樵夫钓叟。合消领、一派烟霞山水。浸晋骨唐风，试领略、春风文字。逍遥兮、悠然自得，适乎吾志。

（原载《诗词》2015年第15期）

应邀至梅岭北邓雄勇先生别墅遂登安峰

（江西）胡迎建

故人慕修道，栖隐租瓦屋。

林掩三家村，泉鸣九曲谷。

田畦多抛荒，民风犹古朴。

垂钓得斑鱼，餐霞佐枣粥。

俦侣结伴来，购备鲜肥足。

闲谈有雅座，清音无丝竹。

更往攀安峰，四围峦起伏。

云岚腾丛樾，青翠如膏沐。

篁竹筜嫩青，楮杞簇浓绿。

野花与浆果，品赏香馥馥。

此峰如高士，肩巅峻矗矗。

不顾径湿滑，不惧行颠仆。

遂登陡脊上，虫羽惊纷逐。

界标三县分，台高群峦瞩。

天宇转朗明，遥眺东川陆。

谁能发高吟，响落到山麓。

今朝能尽兴，吐纳气清淑。

动植自由生，天人信和睦。

注：峰端有界石，为新建县、湾里区、经管区三地分界处。

（原载《诗词》2015年第20期）

怀志云兄江尾

（广东）袁锦君

南浦古君子，情酣忽作诗。

每于人去后，坐到月阑时。

翠倚吾庐长，鸡鸣梦境谁。

大悲还大隐，花为占瑶卮。

（原载《诗词》2015年第20期）

东戴河止锚湾观日出

（江苏）王希光

红日出沧海，霞光射碧霄。

波摇百帆影，石镇万重涛。

秦阙留残迹，汉台论帝韬。

秋风萧瑟处，谁与忆曹毛。

（原载《诗词》2015年第20期）

水调歌头 太湖夕影

（上海）孙晓飞

天接太湖水，波皱夕阳红。低鸣浪里银鸥，翅掠锦帆重。来去云间陌路，明灭身前灯塔，聚散梦魂中。回首桂花落，尘土漫相逢。

缥缈峰，龙头渚，越王宫。岁寒千古，文穆西子遁行踪。成败江山依旧，荣辱烟云俱散，光影渡飞鸿。独照纤芦荻，头白笑霜风。

（原载《诗词》2015年第21期）

春饮得之字

（广东）陈逸云

春色连天远，王孙何所之。

今人渺一粟，往事剩相思。

日暖禽声滑，风和诗酒宜。

山花空烂漫，琴客已难期。

（原载《诗词》2015年第21期）

未到

（广东）林训涛

未觉沧桑莫赋诗，沧桑历遍却成痴。

人情尽在半杯酒，世事真如一局棋。

饮罢座中横醉眼，醒来灯下结愁眉。

初心已共白云远，飞度千山人不知。

（原载《诗词》2015年第22期）

博湖晚归

（新疆）贺忠山

将暮水清辉，云烟起翠微。

鹭飞星际没，人负月牙归。

无客花常侍，有生情岂违。

博湖平似鉴，吾道可云非？

（原载《诗词》2015年第23期）

无题

（新疆）邓世广

难市昆吾切玉刀，且将襟抱寄萧骚。

骄狂子弟非龙种，落拓文章似凤毛。

贪欲每令人下贱，安贫不忮自孤高。

扪胸谁敢说无垢，但有泥沙任浪淘。

（原载《诗词》2015年第23期）

奉和采老北游急就章吟程秋旅见赠

（广东）关志恒

奔轮飞碾破长宵，渐渐秋山入眼遥。
忽讶黄河真似带，一时伸向鲁齐飘。

（原载《诗词》2015年第24期）

2016
年

游张家界天子山

（湖南）冯恩泽

列阵奇形石，群峦色未匀。
虬枝张虎爪，陡壁裂龙鳞。
壑险烟如洗，径幽花可亲。
霞蒸诗画里，醉了看山人。

（原载《诗词》2016年第1期）

木棉花歌

（广东）陈楚明

岭南二月木棉花，霜叶落尽剩枝丫。

吹过东风忽然醒，争剪红云作绛纱。

绛纱纠缠入云树，簇簇团团红绡吐。

老干新枝各争妍，满城花明照朝暮。

城外垄头树树新，城中并街压车尘。

雨洗车尘轻呵玉，枝挑火焰欲烧人。

长身直立无媚态，籁皮嶙峋攀有碍。

人道花红去瘴湿，欲摘不及徒羡爱。

平生高绝见高风，应笑桃李老龙钟。

自识此花名与姓，始知魁拔是英雄。

我身生年徒四十，愧与此花一并立。

才不如人余其心，至今营营与汲汲。

哪似此花枝叶舒，霜皮十围中却虚。

越王台上作佳客，野岭不弃贫贱居。

人间风雨催身老，十年百年心如初。

君不见，英雄最重豪侠气，惊雷落箸何足贵。

将军纵有蹉跎时，奋身敢击灞陵尉。

（原载《诗词》2016年第2期）

商夜

（广东）关志恒

霜华凝重气萧森，摇落花魂莫可寻。

万籁声微秋浩荡，一灯人在夜深沉。

宴怀桃李成虚想，笛撇关山静古音。

未必姮娥甘寂寞，不胜寒处自高岑。

（原载《诗词》2016年第2期）

莺啼序　出海感思

（广东）罗桂源

黄昏落霞映水，泛舟刚日暮。晚风急、颠簸行程，力挽航向无误。月投影、波光荡漾，如霜似雪疑珠露。往前眸，成片汪洋，乍慌虚渡。

此畔鸥鸣，彼岸鹤唳，涉蒙鸿水府。却无奈、心事重重，欲从何处倾诉？自思量、人微志远，问星宿、精神遥注。视东方，报晓彤云，指明征旅。

寻幽海角，探秘天涯，仰观妙景趣。默默想、揭穿仙界，忽弄阴晴，唤醒尘寰，善驯风雨。襟怀大海，情牵千里，潮生潮落潮为侣，掌舵人、逐浪追鲸去。船舷晃动，忧思涌上心头，眼前又现弥雾。

冲流破雾，摆橹归舟，泊岸登热土。又念及、艰辛时日，弃访龙宫，憩息荒洲，谨怀情愫。回眸倩影，长空如镜，朝天洋面深莫测，友提倡、命书莺啼序。知音交织逢迎，励谱新声，网传寄语。

（原载《诗词》2016年第2期）

游子

（广东）邢晖

倦客归家晚，寒风利似刀。

长街灯寂寂，冷夜雪潇潇。

缓步犹难进，微吟且自嘲。

此时云落雪，何处月停梢。

一阵冬风恶，漫天冰屑飙。

怒还思瞪视，愤只欲呼号。

无奈人如絮，不堪情似潮。

更兼春杳杳，谁遣梦迢迢。

别绪曾当日，离愁是此宵。

他乡千里外，游子正飘摇。

（原载《诗词》2016年第3期）

古香慢

颖庐示以咏古莲之新作，
试为次韵。此调乃梦窗自度曲，
拙作仅依平仄，未能守其四声也。

（安徽）刘梦芙

翠群露浣，朱蕾风摇，幽梦方醒。为照容华，碧落
尚留月镜。人爱晚妆新，隔遥浦、争瞻倩影。只谁怜素
抱自守，饱经子夜霜冷。

绽几瓣、嫣然香迸。知否词仙，云际长等？玉笛吹
时，旧曲霓裳重听。唤侣结鸥盟，定嘉会、休辞路迥。
载芳醪，愿容我、也浮江艇。

（原载《诗词》2016年第4期）

天香

乙未腊月，遭遇世纪严寒，
羊城雨雪。寒夜读古人颂春诗句，
作此解催春。

（广东）叶健敏

冻雨凝冰，迅飙吹雪，冷透羊城年晚。呼酒围炉，
破柑瀹茗，直是消寒图卷。越王台畔，风舞碎、桃霜柳
霰。裹素海心危塔，依稀北国奇幻。

深灯细吟款款，共骚人、颂春心眼。取次江山迟
日，水明沙暖，几树莺声婉转。顿忘却、飞霙掩珠岸，
别有新红，云山缀满。

（原载《诗词》2016年第5期）

暮春三月雨中游雁荡山

（广东）何永沂

果然海上有仙山，坚石奇峰气势蛮。
借及时风云渺渺，不知名鸟乐关关。
悬天碧水声能远，满壁绿苔春未残。
火涌地心存古迹，此来看剑合凭栏。

（原载《诗词》2016年第13期）

书感

（重庆）陈仁德

老来环堵亦萧然，幸有诗书伴醉眠。

一笑早轻身外物，百年空仰井中天。

惟将离合悲欢泪，写入艰难苦恨篇。

偶与朋侪谈国事，犹能慷慨似从前。

（原载《诗词》2016年第21期）

2017
年

焦山揽胜

（上海）　王永明

车上焦山万物秋，焦山曾在水中浮。

如霞露叶思招隐，即景风情宜旅游。

世上谁堪三顿韭，江中依旧两条舟。

君看古寺残阳外，扬子无言昼夜流。

（原载《诗词》2017年第3期）

念奴娇 潼关怀古

（陕西）槐山

面河背岵，拱王州天府，危垣如铁。朱旆迎风张虎气，颇牧镇于霜堞。楚客南来，雄师东去，马上披秦月。时光荏苒，望中多少豪杰。

前事日渐悠悠，或成漫漶，或已存黄页。折戟沉沙功与罪，一任后昆评说。问鼎无休，生灵涂炭，每忆仍纠结。古城唯默，蠢然坦对凉热。

（原载《诗词》2017年第5期）

曲玉管　南京台城怀古

（河南）崔长平

　　岳压吴山，江收楚水，台城六代销金粉。树外宫墙高耸，杨柳惊春。草如茵。晓月秦淮，晴风玄武，画船荡漾笙箫近。塔影弥望，翠荫深掩空门。隔红尘。

　　虎踞龙蟠，过几度、兵争雄霸。当年绮阁佳人，翻成废冢幽魂。与谁论。对烟波汀渚，漫道泥融沙暖。燕鸣蘅岸，鹭上渔舟，共我垂纶。

（原载《诗词》2017年第5期）

谒瓶隐庐

（辽宁）郭冶

袖手真能罢劫棋，陆沉无日不衔悲。

楼台到老虚中隐，案牍于今异昔时。

首北几回诚有待，恩深只自怕来迟。

陔余遍是新封册，倚暮松筠何所思。

（原载《诗词》2017年第7期）

常州天目湖

（江苏）郑杰

一湖春水自天来，浮玉青螺爽气开。

欲识苍龙横九派，乘风我自上云台。

（原载《诗词》2017年第7期）

雨夜有思并寄

（山东）巴浩文

月绮韶华春欲删，伤心书事简由繁。

泥桥燕语人空在，入眼桃花饱已难。

天阔未尝能小鲁，言微何必效牙山。

蓬壶旧是思君道，烟水如今海上滩。

（原载《诗词》2017年第8期）

中秋海门莲花峰和友

（广东）张元城

碧宇冰轮朗照临，龙麟万顷纵豪吟。

开云种玉嫌山浅，破浪犁金正海深。

中夜终南腾剑气，高秋太古荡琴音。

诗心已共千帆远，何日鲲洋入抱襟？

（原载《诗词》2017年第9期）

怀逸堂老人

（广东）罗韬

随宦在岩邑，正值焚余际。

公书委丛残，漆夜一灯丽。

匡鼎妙说诗，千载风云契。

可以慰幽居，亦足安幽滞。

嘉祐万人传，轼辙引下砌。

登堂拜老尊，开言辟文弊。

论史所见深，酌句依律细。

携酒上层楼，桃花试春鳜。

尝叹报馆职，卌年悬相继。

文章苦无成，报业江河逝。

陡然白发生，请益无所诣。

壁上墨痕新，独对暗垂涕。

（原载《诗词》2017年第11期）

三坊七巷秋日

（福建）陈初越

乌山玉涧日相邀，放鹤园林迹未遥。
香草能留高士坐，嫏嬛未逐软尘消。
古坊凉树秋澄澈，永巷冰琶月寂寥。
莫笑归来犹积习，耽风总是旧根苗。

（原载《诗词》2017年第13期）

光孝寺重光

（广东）杨振林

谁遣清风下九垓，一花不灭复登台。

有情诃子年年茂，无上菩提处处栽。

遍地草根承雨露，漫天云水濯尘埃。

新晖卅载真如境，不尽心香万里来。

（原载《诗词》2017年第23期）

2018
年

寄语高考学子

（广东）陈金如

独坐寒窗下，宵深志未沮。

已拼三载力，尚读五车书。

海阔龙门跃，天高鹏翼舒。

千军争鹿日，折桂莫踌躇。

（原载《诗词》2018年第2期）

念奴娇 广东崖山怀古

（广西）杨兴辉

海空一色，溯流涌逐岸，浪花如雪。乱石峥嵘风过也，犹有炎黄气节。云树参差，晚潮寂寞，拍碎螺音咽。登临送目，惟余故垒残壁。

当日千叠戈船，崖门排战舰，周遭寒彻。十万军民无泪倾，蹈海从容赴国。自古兴亡，引英雄义士，壮怀激烈。陆公何处？烟波浩渺天阔。

（原载《诗词》2018年第2期）

登严子陵钓台

（江苏）侯国达

钓台高矗大江边，想见长竿百尺悬。

坐拥青山约风月，兴披烟雨放渔船。

闲心不为利名锁，亮节自应千古传。

七里蓼滩尘俗远，芦花摇曳也超然。

（原载《诗词》2018年第2期）

白洋淀

（河北）李晓东

两侧苇丛深夹水，鸟声欲下橹声闻。

穿塘一叶扁舟至，采尽莲蓬不问津。

（原载《诗词》2018年第3期）

沁园春 滇池

（山东）邵德库

献媚云峰，供态晴波，快意醉眸。有飞云琼阁，衔山半壁，餐霞翠羽，近日层楼。鹜举螺洲，鸢翔蟹屿，滇海茫茫横宇流。谁歌舞，在烟鬟堤尾，雾鬓滩头。

孙郎绝唱千秋，竞联苑风骚第一筹。想庄蹻肇始，变服易制，孔明垂治，德迈伊周。往事湮沉，几多残迹，贻笑忘机红嘴鸥。凭栏处，正苍烟落照，雁试清喉。

（原载《诗词》2018年第4期）

悼光治

（广东）张汉青

磋切耕耘知己存，亦师亦友识杨君。

社中元老应堪数，浇水扶枝遐迩闻。

（原载《诗词》2018年第6期）

惠州西湖

（广东）顾青翎

鸿雪重留迹，莺花偶趁闲。

来当楼影没，坐到桨声还。

月与人双璧，灯融水一环。

湖山遗想在，无语倚低鬟。

（原载《诗词》2018年第8期）

九鲤湖看瀑布

（重庆）唐云龙

碧玉山衔素带飘，横穿幽谷起狂飙。
人间不乏雷同者，位置越高声越嚣。

（原载《诗词》2018年第8期）

临江仙 黄河观涛

（内蒙古）王润拽

怒浪如山东注，仰天匹练西来。须臾滚滚卷飞埃。洒空红日暗，摇影走风雷。

汹涌涛声澎湃，狂飙卷浪高台。浅滩泛滥又徘徊。远天山水合，悬壁看潮回。

（原载《诗词》2018年第9期）

雪后

（甘肃）吴新文

晨光微露叹何娇，千里黄沙一望消。

玉柳低垂连大野，炊烟轻卷过长桥。

红腾沧海初升日，白涨群山更起潮。

天意潜传丰岁语，似同诸子话唐尧。

（原载《诗词》2018年第15期）

蝶恋花 七夕

（广东）祁丽岩

望眼天河天欲裂。又是秋风，又是秋来别。天有阴晴人有缺，思来恐教愁肠结。

一指柔情情切切。小字新磨，画个团圆月。似水流年流不绝，风中拾取萧萧叶。

（原载《诗词》2018年第16期）

闲情

（江苏） 郁忠尧

惯看潮来去，堤楼安乐居。

兴风帆似箭，跃浪我为鱼。

得意三杯酒，失眠一步棋。

难随天尽处，云止与云移。

（原载《诗词》2018年第16期）

细雨中闻柳笛偶成

（江苏） 石宝霞

春到山乡自有情，又从柳笛发新声。

泠泠三日桃花雨，染得千峰一色青。

（原载《诗词》2018年第16期）

八声甘州 咏青蒿贺屠呦呦获诺贝尔奖

（重庆）张琳

酿苦心草际曳烟光，几番敛形容。想阳春布泽，华阴著意，原野青葱。天厚苍生不语，脉脉护珍丛。低首藏人海，远志谁同。

等是白衣采撷，漫药香如蝶，造化无穷。喜物微所用，解得此深衷。历沧桑、神清病去，写佳音、世界应相通。从今后，鹿鸣悠远，到处春风。

（原载《诗词》2018年第20期）

赞养路工人

（甘肃）张毓文

纷飞六出掩重峦，数日封山行路难。

忽见鲜红工作服，除冰铲雪斗奇寒。

（原载《诗词》2018年第22期）

2019
年

武陵樵夫偕凤凰山人等唐社诸子造访

峥嵘头角欲何参，对酒匆匆究未酣。

笔致锋从蟾桂出，青衫气在水天耽。

已然解甲徒霜鬓，莫道封侯必燕颔。

兰棹行吟飘渺处，一江烟雨洗晴岚。

金缕曲 广州镇海楼

（广东）赵秀敏

远眺开云雾。望清江、潮来风啸，浪涛如怒。梦里升平逾千古，不教群魃乱舞。今试助、龙翔远渚。划破鸿蒙天海碧，正烽烟扫尽凝眸处。多少劫，转怜汝。

飞檐有月明华吐。照羊城、笙歌四季，往来商贾。弹剑豪情今怎觅？可待英雄缚虎。淘逝水、皆堪砥柱。海气吹来声不歇，把恒河沙粒依稀数。歌一曲，万山暮。

（原载《诗词》2019年第3期）

辛亥首义纪念日步鲁迅无题韵

（广东）周达

武昌烽火息多时，城上雨痕如血丝。

英骨不言寒百载，江山何忍挂双旗。

求名计利朱门事，有味无才白首诗。

六十四年成一梦，秋风细细漫吹衣。

（原载《诗词》2019年第4期）

赫图阿拉城怀古

（吉林）何鹤

城头伫立望乡关，秋水横铺一片天。
云影徐徐风乍起，雁声阵阵月初圆。
当时铠甲十三副，万里江山四百年。
多少英雄成过往，人非物是两茫然。

（原载《诗词》2019年第4期）

南山小驻

（新疆）陈修歌

排空云势荡春烟，千里飞鸿去渺然。
忽觉风来天地窄，万花俯首我身前。

（原载《诗词》2019年第4期）

秋末穿越瓜拉峡见枇杷并雪

（青海）赵元奎

深山大谷劲风吹，高鸟盘旋至此回。

唯有枇杷能傲雪，白云之下绿云堆。

（原载《诗词》2019年第4期）

绿石源村

（江西）俞正

半入青山半入云，鸡鸣犬吠隔溪闻。

几墙瓦屋深藏树，一只孤鸢远索群。

竹外林风何寂寞，门前花草自芳芬。

小村若得长居住，帝子仙家不及君。

（原载《诗词》2019年第4期）

浪淘沙令 忆屯黄羊滩

（江苏）印利华

　　寥落古沙滩，冷月阑珊。柳营剑舞晓天寒。故国豪情输紫塞，千里关山。

　　虎旅遏云干，壁垒营磐。赢来闾巷庶民欢。待到重闻莺啭遍，解甲归田。

（原载《诗词》2019年第5期）

八声甘州 重九乡愁

（广东）陈莉

　　正萧萧落木乱心扉，那堪又重阳。望园中秋色，红销翠减，空冷篱墙。一片残荷剩水，风雨话凄凉。旧曲飞声伴，小径彷徨。

　　不愿登高纵目，有诗愁万缕，心事茫茫。恨轻狂远走，羁旅久他乡。听如今、家山日暖，憾未能、遂意整归装。凝眸处，暮山云断，雁字成行。

（原载《诗词》2019年第5期）

贺新郎 钱塘江观潮

（广西）蒋昌龄

万众凝眸处。正波平、霄青日丽，盘空鸥鹭。蝉静柳垂天籁静，同享秋消残暑。了无迹、钱塘逆溯。良久方闻声暗起，恍呢喃越女私房诉。长白线，天边吐。

潮头忽报吞前渚。似万马、千军杀至，炸开雷库。昆轴灵胥狂推转，搅海翻江涛怒。迓飞雪、鲛人醉舞。地动山摇污淖遁，欲廓清罪孽红尘谷。谁共我，弄潮去。

（原载《诗词》2019年第5期）

踏莎行 叹

（河北）李斌

透袖香寒，浮杯月浅，风儿拂落梅花瓣。飘飘曳曳掠眉尖，花残惊觉流年换。

故事千遭，痴情一段，思量不过声声叹。那场醉梦梦醒时，心舟系与春之岸。

（原载《诗词》2019年第5期）

回知青插队地泗洪王集有寄

（江苏）佟云霞

山花划地已非春，犬吠奔来辨客身。
唯有篱边红柿树，如灯高挂待归人。

（原载《诗词》2019年第5期）

高阳台　五丈原怀古

（陕西）李晓刚

车马连天，旌旗遍野，羽书交错频频。问阵前谁？司马犹在军门。夜空遥望长星落，殆天为、勿说人因。更凄然、恸哭盈川，秋冷河滨。

当年诸葛今何处？在岭前绿水，山后霞云。怕上高坡、松柏似见贞臣。庙宇巍峨云天外，袅青烟、衣冢犹存。愧来迟，叩相君安，日月清魂。

（原载《诗词》2019年第5期）

夏初临 本意

（广东）朴 斋

梅雨蕉心，蜻蜓荷角，榆钱舞倦腰身。澹澹徐来，消寒都是南薰。熙熙物候更新。看芳菲、乳燕殷勤。菜花香甸，蜗涎篆壁，莺语藏筠。

吟哦即景，涂抹随心，一襟素抱，成席闲人。怡然自乐，管他佛国红尘。篱畔山根。又何妨、说剑开樽。藉微醺，对月摊书，参斗嘘云。

（原载《诗词》2019年第6期）

沁园春　登曲院风荷湛碧楼怀古

（福建）张奕专

六月西湖，冷香醉客，翠盖接天。漫霓裳弄影，银凫点雪，琼珠泻梦，彩笔题烟。倒苇绫轻，穿丝燕懒，遍洒胭脂染透川。环堤外，是纱笼五渚，镜托三山。

江山无恙堪怜。奈白雁乌衣历往还。

想鱼肠鸟喙，仇雠一世，岳坟秋冢，光灼千年。宋阙钱宫，铜驼石马，秀樾修廊诉晚蝉。凭栏久，望云帆舵稳，雷轂途宽。

（原载《诗词》2019年第6期）

121

吊屈大均墓

（广东）冯少东

漫揾新亭泪，悲歌动九天。
山河沉日月，书剑老林泉。
世乱禅心苦，时穷晚节坚。
可怜无限恨，岁岁寄啼鹃。

（原载《诗词》2019年第7期）

喜港珠澳大桥建成通车

（湖北）刘克万

江山又喜焕新容，百里伶仃一径通。

虹贯龙穿波上下，雷驰电骛岛西东。

大湾区荟寰瀛色，小宇宙抟尧舜风。

向晚华灯接三地，游人尽醉海天红。

（原载《诗词》2019年第7期）

壬戌秋再游莫高窟

（新疆）星汉

敦煌南指摄心魂，碧落黄沙石窟群。

千佛洞深收旭日，三危山暖起慈云。

欲言菩萨眉先动，未拨琵琶声已闻。

一片红霞风散后，天花依旧落纷纷。

（原载《诗词》2019年第7期）

春节归乡

（宁夏）张孝华

春节将临近，驱车到故乡。
山深风寂寂，野阔雪茫茫。
胃暖亲邻酒，心甜慈母汤。
农家新喜事，城里买楼房。

（原载《诗词》2019年第7期）

除夕立春登东坡

（山西）李登峰

除夕又迎春，年来万物新。

山坡犹觉好，树木也相亲。

似有青芽动，尚无绿草茵。

休言埋没久，风里抖精神。

（原载《诗词》2019年第7期）

凤凰台上忆吹箫　春节

（河北）张秀娟

金字分粘，红灯对挂，炮花声比天高。看一家团坐，散尽红包。多少陈年旧事，值此时、絮絮叨叨。儿孙孝，推杯换盏，好个通宵。

堂前酱香漫溢，四海庆新春，锣鼓如潮。恰早梅初绽，格外妖娆。更有盈门瑞雪，着素装、丰丽枝梢。欣祈愿，清欢日子，暮暮朝朝。

（原载《诗词》2019年第7期）

七绝

（甘肃）吴尚文

马跃鹰飞客步艰，黑云吞日压千山。

前程许是多风雨，人到黄河第一弯。

（原载《诗词》2019年第8期）

冬夜

（上海）孙晓飞

白壁争辉斗室明，北风肆野任狰狞。

衔杯品到茶无味，温卷痴于字有情。

（原载《诗词》2019年第8期）

朝中措 登翠微峰

（江西）陈照中

江南胜地一奇峰，峭拔陡崖雄。峻岭崇山环绕，冲天宝剑穿空。

石阶登顶，青芜滴翠，树木葱茏。俯瞰梅江两岸，小舟龟甲如虫。

（原载《诗词》2019年第9期）

宝光塔

（广东）刘美奎

剥落风霜宝塔楼，岿然屹立古河头。
天笺塔笔董狐手，倒写人间春与秋。

（原载《诗词》2019年第9期）

满江红

（新疆）王善同

老尽销磨，青青鬓、幡然白雪。漫回首、无成一事，蹉跎岁月。悲喜迢迢三万里，烟云淡淡重阳节。也平生、满树召秋风，飘蝴蝶。

斜阳堕，邻郊碣。黄花乱，凝霜叶。与诗词芳约，求清索洁。驻足昆仑峰不数，浮槎沧海波相叠。拄孤笻、望暮色苍茫，龙沙子。

（原载《诗词》2019年第10期）

蝶恋花 岐澳古道

（广东）杨官汉

五桂苍苍松竹茂，百尺悬崖，挂个斜阳旧。青石桥头风满袖，溪声九转蛩声又。

知否孙公经此走？古道悠悠，古道今知否？红叶相思山亦瘦，冰轮每把寒山叩。

（原载《诗词》2019年第11期）

满庭芳 题画

（安徽）包旭骄

陌室藏春，寒窗焕彩，江山何处移来。绿浮波上，碧水叠楼台。隔岸人行曲径，隐约见、松竹排排。通幽处、石争奇秀，掩映百花开。

凝神思致远，归田乐也，散发悠哉。看帆樯竞发，鸥鹭徘徊。也拟扁舟驾起，趁晴日、荡出萧斋。芳菲里，乘风破浪，摇向小蓬莱。

（原载《诗词》2019年第11期）

无题

（湖北）陈莹

幽思渐欲到云涯，忽有穿廊燕子斜。
一瞬春心凌乱处，如风吹过海棠花。

（原载《诗词》2019年第11期）

望海潮 无锡蠡园

（浙江）徐中秋

新荷擎炬，盘珠含日，香弥四季凉亭。奇石垒山，归云筑洞，亦如世路难行。几处设横屏。更窗棂画外，绿树黄莺。小蠡园中，西施庄映碧澄清。

当年吴越纷争。化两园胜迹，一水盈盈。烟雨五湖，泛舟钓富，曾教勾践重生。歌啸隐公卿。正馆娃覆国，又倚时英。美女江山，君王臣子算双赢。

（原载《诗词》2019年第11期）

鹧鸪天　游西塘古镇

（福建）陈伟强

十二曲廊烟水涵，闲凭春雨听江南。渐将心底千丝碧，浣作天边一抹蓝。

穿画槛，转瑶坛，乌篷摇曳梦纤纤。飞花竞逐诗人棹，锦句裁成便化缣。

（原载《诗词》2019年第11期）

摩天楼顶望月

（福建）方金瑞

摩天楼顶凉如水，坐看冰轮转二更。

十里长街清有影，九天风露寂无声。

众桥跨海连金斗，两岛双飞载玉笙。

不信弱流三万里，此身今夕到蓬瀛。

（原载《诗词》2019年第12期）

满江红 五四青年节致余已逝之青春

（四川）段焰军

开到荼蘼，叹又是、暮春时节。芸窗外、落红成阵，群山翠叠。稠絮漫天浮影乱，啼鹃绕树归声切。但年年、秾艳费诗笺，愁堪说。

路修远，行曲折。悲与喜，风和月。任柔情消减，芳华销歇。难挽韶光悲逝水，频搔衰鬓伤飞雪。漫追寻、心上更重添，千千结。

（原载《诗词》2019年第14期）

唐多令　游白云山

（广东）刘斯翰

磊落北城陬，云烟万古幽。趁新晴、岁晚来游。摘斗摩星吾老矣，蓬霜鬓，试凝眸。

翠彩鹣鹣裘，喧阗涧壑流。正佳气、浮浮浮浮。遥想珠潭生夜月，鱼龙跳，欲衔钩。

（原载《诗词》2019年第15期）

满庭芳　大湾风韵

（湖南）颜静

天赐贞姿，岁留神韵，大湾胜事重重。沧桑激荡，况味自难穷。几处德碑圣迹，犹可感、浩气高踪。而今又，龙腾水岸，黑马振长鬃。

霓旌飘过处，长虹渡海，高铁横空。抚星月，楼林拔地争雄。都市钟灵气派，弄清影、云凤烟鸿。芳菲里，由凭指点，万象醉东风。

（原载《诗词》2019年第15期）

海居小记

（广东）孙钢坪

涛声引路出柴扉，满袖椰风草色微。

遥看海疆分巨浪，一船明月送人归。

（原载《诗词》2019年第16期）

黎平道中

（广东）李永新

户户悬溪布，村村簇鼓楼。

乱峰青到地，急雨暗鸣沟。

峒女银椎髻，蛮丁帕裹头。

怪来风土异，人在古思州。

（原载《诗词》2019年第17期）

步韵酬香江诗友

（福建）欧孟秋

此生堪自足，闲淡复何求？

空翠摇千里，澄光萃一楼。

登临随朗月，怡悦在清流。

文藻温乡梦，诗情恣客游。

行歌新雨后，倾耳曲江头。

幽谷甘孤寂，微吟解百忧。

怜君多浩荡，沥胆赋神州。

灯影窗前烨，梵声心上浮。

晴川挥手处，漾漾若赓酬。

（原载《诗词》2019年第17期）

八声甘州　聆听广东音乐《雨打芭蕉》

（广东）郑榕根

正横空忽送海云来，渐沥洗篷窗。看跳珠溅玉，低摇凤尾，霎起丝簧。声婉不堪重数，点滴动柔肠。梦逐清弦去，一枕萦乡。

渺邈淡烟平楚，记当年沙岸，绿旆行行。更几番风雨，叶底抱身藏。算帘纤、轻徽徐度，尽滂沱、十面甲兵昂。天回霁、听蛙声远，醉稻花香。

（原载《诗词》2019年第18期）

醉思仙 登文成铜铃山

（浙江）姚晰频

觅仙踪。恰轻纱缭绕，细雨迷蒙。任青苔浮路，天道当空。深潭下，游龙戏，锦鲤唤、波碧山重。似这般，九寨风物好，树色相融。

林密流亦疾，渊深业动心风。但敛衣凭杖，举步披丛。追往客，不思量，念当下、无畏途穷。石床上，隐士消夏节，云水收虹。

（原载《诗词》2019年第18期）

贺新郎 西海怀古

（新疆）野鹤

画艇停烟渚。访层台、张骞困迹，导游相语。欲问
褴衫寻渡事，似有闲鸥能诉。心急切、全无宵暑。变化
乾坤添新翠，想当时、划地凄迷路。空有念，慨今古。

夕阳碧水凭栏伫。试追思、当时汉帝，也依天付。
腰下欲悬三尺剑，喟叹青春枉度。难戒绝，新潮旧绪。目
断平芜苍波晚，爽海风、一瞬吹心楚。歌且乐，到眉宇。

（原载《诗词》2019年第19期）

青玉案 缆车上看日月潭

（上海）张国胜

一根缆索身飘翥，若生翼、清风助。潋滟晴光银镜镀。情人相倚，游人相顾，红绿浮兰渚。

口中宝岛含珠吐，过眼槟榔结烟树。日月潭心舟竞赴。儿时书语，此时思绪，纠结情深处。

（原载《诗词》2019年第19期）

八声甘州 回科尔沁

（江苏）朱思丞

想那时年少，拥高朋纵马揽云霞。望青霄深远，白云点点，几户人家。风起马翻绿浪，打鼓拨琵琶。往事随风去，日薄晚归鸦。

二十年辰参隔，再返科尔沁，思绪状如沙。问故人何在、相约共烹茶？雁南飞、凉风渐起，伴寒烟孤日向西斜。经行处，黄云漠漠，秋草无涯。

（原载《诗词》2019年第19期）

金缕曲　赋镇海楼

（广东）李志云

杰阁凌珠浦。眺番山、越王台上，画檐飞雨。五岭云涛来眼底，俯仰紫岚吞吐。顾六合、英雄何许。弹指兴亡应见惯，尽波澜、阻断中原路。桑海劫，几今古。

栏杆拍遍浑无语。想登临、神州北望，故侯曾赋。槛外夭桃红万朵，记否刘郎前度。看大野、狐奔狼顾。此日丹楼谁独上，听管弦、又换人间谱。烟水阔，楚天暮。

（原载《诗词》2019年第22期）

行香子　徜徉港珠澳大桥

（湖北）胡国栋

　　吾驾青龙，君驭长虹。掠波涛、飞播兴隆。鲸呼前后，鹰唤西东。过瀛洲岛，金銮殿，水晶宫。

　　幽幽海气，浩浩星空。借灯流、缱绻仙踪。帆钟棹笛，鸣礼谦恭。有万商船，九州舰，五洋艟。

（原载《诗词》2019年第22期）

八声甘州　崤函古道

（河南）吴海晶

对荒烟蔓草掩蹄轮，亘古紫云浮。记东连伊洛，西朝华渭，豫陕咽喉。函谷两京锁钥，箭镞钉关楼。岭寨黄河栈，商贾车舟。

遗物无声诉说，有波斯古币，胡地灯瓯。想鏖兵争霸，勇士骨难收。杜诗哀，石壕翁媪，《道德经》、老子走青牛。斜阳外、黍离遮目，杜宇啼愁。

（原载《诗词》2019年第23期）

水调歌头　同窗相约太平洋

（广东）邱秀蓉

分手黉门久，今约大洋边。相思长夜惊梦，沧海鉴真言。莫叹年华飞度，当惜情缘久驻，把盏共婵娟。多少青葱事，揉入浪花间。

舟飞浪，情未老，意连绵。悄然回首，清梦早已付流年。岸上花开花落，滩外潮来潮走，苍狗正悠闲。怀涌三千水，月下枕涛眠。

（原载《诗词》2019年第24期）

2020
年

唐多令　登宣化古城

为放白云来，山形一阙开。对长风、好吐幽怀。八万春秋成过往，兴废事，看城台。

忆昔此长街，将军传令牌。话渔樵、挤进聊斋。暮鼓声中云聚散，霞光裹，旧尘埃。

吟秦皇岛

（江西）喻志浪

天凉好个秋，曾至老龙头。
共览秦皇岛，更登澄海楼。
风平三尺浪，楫远一行鸥。
碣石东临水，新吟忆旧游。

（原载《诗词》2020年第2期）

游鹤北小兴安岭红松母树林

（辽宁）孙临清

如海翠苍蓬径幽，杖筇来与赤松游。

老鸦声里袷衣冷，谡谡风涛北国秋。

（原载《诗词》2020年第2期）

久别逢故人

（江苏）熊军辉

曾共油灯书桌前，野蔬同食冷同眠。

依然那碗老山芋，舌上留香四十年。

（原载《诗词》2020年第2期）

御街行　黄姚古镇

（湖南）黄贤寿

苔墙黛瓦清江浒。石板黑、长街古。元台明阁宋时风，长寿女歌鱼浦。云澄汉井，草缠秦树，尽在原生处。

销魂未忘楼头鼓。九百载、民心固。钱兴碑矗碧云天，犹记当年如虎。泱泱禹甸，万千村镇，同植中华土。

（原载《诗词》2020年第2期）

沁园春　霜秋

（山东）马明德

　　清笛西风，万物凋零，一派肃疏。看茫然苍昊，杳踪征雁，寂然软镜，孑影游凫。偃折枯荷，飘沦落木，白絮将离岸侧芦。生悲意，遇忍冬几簇，复赏清殊。

　　银花红果瑶图，信秋去春来皆自如。那孤桐叶下，次年纡紫，灵根水底，来岁芙蕖。夏拂凉风，冬飘瑞雪，遵序冰心在玉壶。河楼上，望层波迭起，奔海如初。

（原载《诗词》2020年第6期）

162

白石口长城

（河北）贾清彬

久惯江湖仰慕名，今来白石访长城。

敌台曾结风云阵，关堡仍屯草木兵。

指顾盘桓嗟冷落，流连啸傲感纵横。

山川未老斯楼在，依旧时传报警声。

（原载《诗词》2020年第7期）

夜宿阳台

（河南）鹿斌

雨止云消沉暑气，蛙声入夜愈为频。

移将竹榻凉风里，卧对中天月一轮。

（原载《诗词》2020年第8期）

念奴娇 谒崖山祠

（甘肃）徐生元

倚栏怀古，问苍天何故，湮没英杰。兴废沉浮残照里，忍看庙祠宫阙。凛凛幽怀，堂堂豪气，耿耿人愁绝。旌旆南指，望中烽火明灭。

好是驾海胸襟，丹心一片，誓补金瓯缺。山外云涛东去水，留取千年高节。威睨吞云，忠魂煊日，悲恨凭谁雪。残碑书泪，悠悠江上明月。

（原载《诗词》2020年第9期）

念奴娇 蕲州怀古

（湖北）李明华

吾来览古，到麟山高处，浑无痕迹。西畔江流仍日夜，不似去年潮急。旧貌更新，层楼几换，再看城门北。天连吴楚，曾经云荡风激。

已少明代荆王，献忠过后，水绕朱门泣。野草荒烟斜照里，燕子飞回民宅。易逝繁华，都成一梦，只剩湖波碧。从兹千载，蕲州春在东壁。

（原载《诗词》2020年第10期）

夏初临 本意

（广东）周克光

岭雾还迷，林莺尚脆，玉堂紫翠重花。调月幽琴，和图透入窗纱。赏心应化馤葢。紫藤长、渐黯榴霞。擎荷珠转，鸣蛙声细，庄梦轻斜。

白兰溅玉，金凤筹红，锦娱沼鲤，绿亮新茶。春风皱水，多情旧枉呶牙，共约琵琶。且消他、韵里风华。乐生涯，阴晴空处，雨霁人家。

（原载《诗词》2020年第13期）

春过飞云湖

（浙江）蔡圣栋

平湖放目水天清，两岸峰峦列翠屏。

多少山区好消息，飞云亭上倚栏听。

（原载《诗词》2020年第16期）

石钟山怀苏公

（浙江）施子江

船经湖口响噌吰，便上秋空觅古风。

天地高低称永契，江湖广阔总相逢。

人游今古皆游客，我见文章不见公。

万里云踪难尽望，石钟山顶坐如钟。

（原载《诗词》2020年第16期）

满庭芳　秋风河口渡

（甘肃）胡憬新

水绕前汀，云沉远渚，暮江望极凋寥。西风渐起，零落木萧萧。浩荡闲愁千顷，接天处、雾锁长桥。寒烟外，残阳如血，陇塞路迢迢。

遥遥，思故事，关河禁钥，铁石难销。去明月楼台，缓管轻箫。浊酒一杯万里，几人似、傅介班超？今朝且，漫谐新曲，试把旧魂招。

（原载《诗词》2020年第17期）

桂枝香 东莞虎门沙角怀古

（广东）胡荣锦

虎门纵目，尽沸沸滔滔，雾气初肃。百里珠江展帛，屿汀同簇。彩帆桂楫遥天外，舞江风、锦旆惊矗。岸弯沙阔，坡斜浪叠，骋怀难足。

念往昔、夷征舰逐。怅少穆雄心，高勋空续。辣手销烟，千古漫欸荣辱。清廷故事流云附，只英名青冢长绿。诸公休矣，尚留遗业，后人赓曲。

（原载《诗词》2020年第19期）

梦行云 赋得茉莉有怀

（江西）梁安康

影斜入庭户。枝头妩，香半吐。鲜芬笑纳，此同鸾钗度。挚诚盈把新妆扮，芳华谁是主。

玉珠沐水，青黄沾露，深情在，思艺圃。风寒微遣，素心可留住，梦归天晓知何去，那幽闲绝处。

（原载《诗词》2020年第19期）

水龙吟 敬步先生韵挽无斋师

（广东）谢楚海

断鸿南国迷云，破空遥唤芳邨晚。秋声苇岸，虹桥夜渡，那曾星散。燕市风襟，楚兰心素，嗟余零简。叹哀哀未已，苍苍似醉，争回首，烟如幻。

侍酒黄垆梦远，忆追陪、泮塘翘盼。霜天控鹤，玉楼赴诏，词仙难返。一暝随尘，斯文终古，练裙谁浣。恁珠潮涨泪，何堪更听，唱声声慢。

（原载《诗词》2020年第20期）

登黄鹤楼

（广东）赵松元

为寻黄鹤白云迹，秋上江南第一楼。

三镇风光收眼底，百年忧患涌心头。

巨龙怀远跨新纪，大鸟图南忆旧游。

浩渺烟波凝望处，江流浊浪使人愁。

（原载《诗词》2020年第21期）

百字令

（广东）陈伟

还山两屐，借沧浪来洗，云游尘躅。睎发阳阿招鹤侣，坐听霜空吹竹。快涧弹秋，老鱼剪碧，花梦波能续。人间何世？空桑留我三宿。

好趁白社初盟，题襟印月，销尽平生独。色色灵幡风自转，梵唱疏林茅屋。天漏星流，舟藏海易，谁劝杯中绿？萤开青眼，一双飞入深谷。

（原载《诗词》2020年第21期）

咏史阁部

（广东）张加和

在眼云霓拨未开，自持香蕙冠崔嵬。

一春南国埋玄衮，满地横流泛宝罍。

岭上梅魂如可赎，空中斗柄不能回。

后来岂曰无多士，犹听诗人赋大哀。

（原载《诗词》2020年第21期）

羊城归来

（广东）官剑丰

兀立楼头西日颓，韶华何计被余哀。

经天古道同刍狗，命世才人踞斗魁。

瘴海声销旷劫后，故山云傍醉魂回。

群生蚁穴争酣梦，凭槛独看山雨来。

（原载《诗词》2020年第21期）

一缕

（广东）陈彪

一缕残宵裛帐中，不知惘怅是蒙眬。

疏光织锦难成匹，兰种栽泥只长蓬。

曾汲秋波藏玉盒，细斟蜜液酹春风。

恼他蜡炬空垂泪，凝作珊瑚点点红。

（原载《诗词》2020年第21期）

鹧鸪天

（广东）黄佳娜

一霎绯红第几枝？庭香酒暖又天涯。青山魂梦人应在，秋水心情月不知。

风细细，雨迟迟，相逢犹恐落花时。兰灯误把轩窗照，春到眉边剩绮思。

（原载《诗词》2020年第21期）

寄陈师隔江草庐依吴师韵

（广东）陈振烨

纵目寒山径，一庐天自成。

云涛托松起，秋月傍江生。

腕力燕弓满，心灯秦镜明。

深杯吟杜曲，昆剑掣长鲸。

（原载《诗词》2020年第21期）

浣溪沙

（广东）舒欣

柳外闲莺惊晓晴，凭栏望尽路难行，斜晖曾见醉娉婷。

鸿影初知来有信，梦痕忽逝化为萍，楼头芳草负轻名。

（原载《诗词》2020年第21期）

法曲献仙音

（广东）陈春薇

龙润萧疏，凤林清素，几度秋澜憔悴？岸泊帆声，鉴留云影，萍风浪迹芳岁。漫独解、焦桐语，幽耕泽兰意。

老鱼绻，嘱红衣、绿团何计？同染就、霜画露描尘世。大梦久归来，寄鸿书、休问桑梓。欲济浮槎，恨湖岚、笼罩仔细。竟江城残照，白了芦枝峨髻。

（原载《诗词》2020年第21期）

夜游珠江有怀

（广东）郑锴鸿

小倚瑶台黲远眸，繁华自古竞风流。

逢春得以生珠树，乘兴何如泛逸舟。

笑我扬涛能活鲋，思君射虎未封侯。

今朝携酒浮槎去，且放清歌月满楼。

（原载《诗词》2020年第21期）

鹧鸪天

（广东）林幼君

三月花楼待晚昙，断桥自卧水空蓝。漫添浊酒愁难笼，看尽浮云雨易含。

疏远信，薄青衫，相思入骨十年耽。遍寻兰蕙出荒径，许我红尘一世酣。

（原载《诗词》2020年第21期）

浣溪沙 七夕

（广东）陈婉灵

小篆香浓醉自消，月移疏影弄风箫，双星却捻碧云飘。

荷叶已成珠化酒，眼波才动鹊填桥，一湖青翠上眉梢。

（原载《诗词》2020年第21期）

己亥初冬与诸子赴万载谒谢灵运墓

霜轻未杀草，萋萋移时节。

紫艳篱菊静，锦水殊未歇。

天不斫斯文，幸能留一穴。

陜落寄孤傲，万古魂不灭。

山前蜿蜒道，隐隐六朝辙。

苔痕没屐齿，松竹盘纡结。

拂弦遗音在，发源泉石咽。

莹莹谢家池，犹映千秋月。

容范虽已去，芳躅异代蹑。

念念惊人句，心神转超忽。

天风浩荡处，江海思不绝。

（原载《诗词》2020年第22期）

186

题李筱孙所绘蜗缘居感旧图

（广东）陈永正

莫虑楼高极九天，抠衣容我效蜗缘。

诗心独溯三唐上，古学弘开一代先。

道在通人知不朽，情深有子信能传。

展图长忆春风里，失侍看花第几年。

（原载《诗词》2020年第23期）

注：蜗缘居，刘逸生先生斋名。

秋宵吟

九月八日白石生日，
唤梦词社四十一课，翠薇花馆云宜押上声

（北京）魏新河

佩云身，剪月手。阅尽长亭秋柳。青衫客，镇换羽移宫，报他琼玖。折南枝，卧北牖，付与江湖回首。扁舟外、一片片菱塘，一程程藕。

可惜知音，但剩得、蛮腰素口。马塍无迹，鹤氅如烟，几度唤邻叟。明日逢重九。也拟携茶，同介寿酒。问黄花、瘦了千回，吹笛词客尚在否。

（原载《诗词》2020年第23期）

冬日

（四川）高寒

入冬才几日，寒逼想薰笼。

云暗九重上，风行大野中。

临屏闻伏虎，映雪欲屠龙。

何以消长夜，灯青对酒红。

（原载《诗词》2020年第23期）

摸鱼儿 宿剑门关

（四川）殷苏

　　甚雄关、恁多风雨，潇潇留客村户。夜深吹梦孤峰顶，惊起狄猿相顾。啼又去。空剩却、仙梯缥缈残云度。山灵自舞。任宝剑芒寒，哀鹃血黯，天地隔今古。

　　中原事，且觑丛祠社鼓，丹枫红遍樵路。江山向把英雄误，忍读当时辞赋。堪恨处，尽道是、将军未及收貔虎。春醪独举。但听得邻家，荒鸡唤醒，絮絮话炊黍。

（原载《诗词》2020年第23期）

大江

（湖北）杨强

城随江宛转，摇兀碧澜中。

到海吴天阔，盘山蜀地雄。

劳生同汩没，逆旅判西东。

倚槛舟何限，鸥边去不穷。

（原载《诗词》2020年第23期）

己亥中秋次启老韵

（四川）李林桔

山河邈邈到中秋，风雨际天人倚楼。

俯仰生涯蝴蝶梦，淹留世事稻粱谋。

归欤歌作茫茫永，倦矣心随浩浩流。

便欲忘忧兼忘我，且持杯酒暂时休。

（原载《诗词》2020年第23期）

忆旧游　自湘返粤夜眺珠江

（广东）王笃炎

幻依波冷月，覆影疏灯，轻染荒天。一水泠泠碧，正鱼龙寂寞，搅起狂澜。望中海气衔雾，游棹入云烟。对射眼神光，颓峰不语，独倚危栏。

湖山放愁地，剩蜃吐楼台，吞夜银湾。便有关心事，怅过江人远，百折潮还。坠欢拾得多少，清泪为谁弹。漫检点襟怀，离痕更着孤梦寒。

（原载《诗词》2020年第23期）

登栖霞山试和用堂兄岁暮

（广东）李腾焜

苦雾悬阴望眼难，何如结梦返秋庵。

山前黄叶深深见，海角乌头各各惭。

略想音书几年绝，聊充风雨此宵谈。

萧条日日无吟兴，却恨南华意未参。

（原载《诗词》2020年第23期）

2021
年

蝶恋花　暮春寄怀

（陕西）韩会莉

四月诗笺清句瘦。我问东风，可有七八首。风去风来风左右，可知春暮谁消受。

独念卿卿痴梦久。今日铺笺，持笔闲吟够。纵使花红花落后，幽香深处香闻透。

（原载《诗词》2021年第1期）

湖畔对饮

（江苏）徐克明

两相对饮两相呼，远看青山近看湖。
只是东风已无力，醉人还得醉人扶。

（原载《诗词》2021年第2期）

夜坐

（广东）梦亦非

岂有春思未成灰，天街远望寂寞回。

秋山冷落迢迢水，雪意香销漠漠梅。

偶忆故人成浅笑，恐拔孤弦遇轻雷。

欲书花月无穷意，却尽江湖有限杯。

（原载《诗词》2021年第2期）

西峡老君洞

（河南）冯晓伟

投宿西峡县，登临问道踪。

霭峰千仞峙，溪壑九折通。

露重残碑润，苔深石径封。

超然居物外，坐忘想犹龙。

（原载《诗词》2021年第2期）

宿牯岭长冲河畔

（江西）左启顺

一界轻分翠万重，崔嵬坠露晚来浓。

黄云泛影随风动，白水横波抵涧冲。

闲钓芦林湖上月，趣吟铁佛寺边松。

雄奇险秀生何处，遥看匡庐百七峰。

（原载《诗词》2021年第2期）

马陵山春思

（江苏）周成举

雨落陵山处处青，风吹湖水翠烟生。
轩亭闲看玉珠乱，忽有莺啼入耳鸣。

（原载《诗词》2021年第3期）

岁末感怀

（河北）潘洪斌

斗柄东回蚁磨旋，劳尘碌碌过中年。
枕边无复三刀梦，纸上空参六祖禅。
愧我佣书犹布褐，笑他食玉亦华颠。
幽居不惯频来客，独饮村醪伴醉眠。

（原载《诗词》2021年第3期）

甲午除夕客中作

（安徽）胡善兵

年味他乡淡，烟花一岁尘。
辛盘思草草，红酒气氤氲。
更始前贤梦，浮名老大身。
故园灯火夜，应念未归人。

（原载《诗词》2021年第3期）

除夕临屏

（江西）段晓华

隐隐笙歌供岁残，泥金吉字醉边看。

恒河曾走沙千叠，长夜新磨墨一丸。

濡沫微生求气类，噫风大块只樛蟠。

尧天不问在何许，自遣春温上指端。

（原载《诗词》2021年第3期）

贺新郎 春节涪江畔与亲啖鱼佐歪嘴郎酒

（四川）唐龙

莫谓穷年苦。奉慈亲、围炉江畔，春宵如许。犹想舟车频辗转，遗恨飘鸿无数。况我也、半生羁旅。荣悴于身多凑拍，算谁能命寄迦南处。思有待，忽停箸。

歪郎清味今怜取。更贪他、鲛人扇贝，铢衣鲙缕。近岸波醺千星漱，翁媪广场交舞。正何必、非龙即虎。爱到寻常方入境，看两三扣手喁喁侣。凝一饷，缓归去。

（原载《诗词》2021年第3期）

家山烤火

（湖北）胡长虹

吾儿怀抱里，榾柮爇生香。
听煮寒泉沸，来消莽夜长。
松涛喧座底，斗柄搁山梁。
妻报春薇发，明朝试采将。

（原载《诗词》2021年第3期）

琐窗寒 除夕大雪，时逢楚疫

（湖北）王居衡

树杪凝阴，窗纱漏晚，故山幽致。炉灰漫挑，忍诉岁阑心事。盼春来、旧莺新燕，绕梁更入闲庭蕊。待分他、黛紫嫣红，换取暖巢香气。

清异。风团起。渐灯摇鬓影，滴寒花碎。霜乌报苦，欲避也终无计。想此宵、人寂浪喧，九衢傍江清似水。料明朝、不见东君，冷潮犹未已。

（原载《诗词》2021年第3期）

除夜于藏经阁前折一红梅，
含苞小枝次日竟开

（江苏）唐颢宇

手冷伤花骨，折时年未央。

濯瓶安细影，添水供疏香。

夜火深蓝釉，晨钟素白霜。

应怜新岁寂，放作忍寒妆。

（原载《诗词》2021年第3期）

水调歌头　元宵节寄远游友人

（辽宁）郑雪峰

　　高兴在鸾背，汗漫作清游。襟风万里乘快，渺渺落鳌洲。天际初阳乍涌，霞接洪波迢递，奇象动溟陬。信手拾文贝，沙渚狎轻鸥。

　　恨不共，挈笛去，负仙俦。何曾望到，今宵空自倚危楼。我有心如明月，明月还如茧素，为汝裹兰舟。良夜转寥廓，幽意浩难收。

（原载《诗词》2021年第4期）

定风波 元夕寻春

（江苏）沈尘色

谁复言之春有声，寻春相约少年行。爱惜绿杨休系马，还怕，不知春意悄然生。

堤上草芽如梦醒，轻冷，任风吹拂莫相迎。始信春来应有处，推去，人间彼此各阴晴。

（原载《诗词》2021年第4期）

与友夜谈

（四川）唐蓬宜

寒动深秋剑气萧，管教思绪忆年韶。

梦中无处堪回首，彀里谁人不折腰。

故宇情怀嗟濩落，客身踪迹遭飘摇。

春风词笔今何在，赢得长宵月似潮。

（原载《诗词》2021年第7期）

题广府光孝寺

（日本）早川太基

蓝瓦丹墙秋日晴，柯林古额镇羊城。

飘香炉畔金仙坐，说法坛前石兽迎。

六祖传衣因壁偈，一生着眼是心旌。

菩提树影晚风碎，星落紫珠铿有声。

（原载《诗词》2021年第7期）

临江仙　车站

（广东）蔡浩彬

万伞丛中灯下影，笛音催唤飘零。车如逝水客如萍。长歌清更发，没入晚潮声。

莫想当时春草岸，双鸳归去同盟。醒来我又醉愁城。看花人不在，微雨共谁听。

（原载《诗词》2021年第8期）

题意溪渡口公园

（广东）王奋

探骊瀛海竞风流，一片云帆挂五洲。

星月鸥声催客梦，秋风鳄渚是乡愁。

（原载《诗词》2021年第8期）

甘竹滩夜饮与邑诗坛诸公

（广东）袁锦君

望望甘滩水，维舟浩渺间。

暗凉生寂夜，杯酒酹群山。

听浪心何极，恣情兴未慳。

忘形尘壒外，忽觉比鸥闲。

（原载《诗词》2021年第8期）

谒川南赵化镇刘裴邨墓

（甘肃）张岩山

早岁文章天下奇，维新事变令名垂。

百年碧血难醒世，一片丹衷可语谁。

休问民情余太息，堪惊士节任陵夷。

荒丘唯见孤坟在，蔓草寒烟空自悲。

（原载《诗词》2021年第8期）

夜雨

（广东）欧阳世昌

四野沉沉月不明，天河一泻满江城。

街衢寂静人何往，树影飘摇巢欲倾。

灵雨有恩凉到骨，苍生无梦笑多情。

看经碧酒图遮醉，门外晨鸡忽乱鸣。

（原载《诗词》2021年第9期）

题抗战宁乡战役阵亡将士纪念塔

（湖南）杨宗义

劫后沩川在，清流冬复春。
落花堆石砌，遗骨委松尘。
气节千秋仰，河山百战新。
碑铭无姓字，亦足警来人。

（原载《诗词》2021年第9期）

儿时篮球场

（浙江）丁昊

半亩连村地，寻常日日喧。

矮墙遮春草，草色曾齐肩。

黄昏犹可晚，意兴不可延。

呼母催饭熟，食后每盘旋。

待朋唤小字，身矫似轻烟。

所赴长风里，所去是云天。

偶因崎岖故，不慎扑阶前。

涕之泪如雨，拭之血痕鲜。

起拍襟边土，强作好汉言。

弹珠往来久，倏尔即忘全。

尘事亦多曲，往事亦多眠。

弹珠亦多转，转转俱桑田。

岁暮归乡里，恍然见残垣。

草色上新履，触眼各生寒。

距家数十步，屋舍半已迁。

就中难忘者，一步一童年。

（原载《诗词》2021年第10期）

眉妩 归乡

（陕西）闫赵玉

渐苔深颓屋，黍秀平畴，池水涨新藕。野老相逢路，锄犁罢，称名犹说谁某。旧年记否？小龀髫、贪闹猫狗。只今似、倦羽归飞雁，梦徊故园久。

肩上行囊空旧。正槿花烂漫，童稚牵袖。深巷闻乡语，争追忆、东篱攀玩时候，绿荫陇亩，抚老槐、应似年幼。待风起黄昏，还把木门暗叩。

（原载《诗词》2021年第10期）

端午斋居有寄

（上海）王博

纫兰搴杜久无缘，两地蒲觞且自悬。

殡国生身同此祭，桤荫艾色各三年。

山头正擘芦心叶，海角曾回鹢首船。

或有赛龙花鼓意，行人莫作拥桥看。

（原载《诗词》2021年第11期）

临江仙 挽国士袁隆平

（山西）周瑞红

大化无声惊率土，苍生一哭深恩。神农之后有斯人。逆天能变种，底处可招魂。

地广何堪矜物博，饥荒青简难陈。平生一事为盘飧。民心存庙貌，沃野纪清芬。

（原载《诗词》2021年第11期）

用诸贤韵戏作吴体赠别诸生

（安徽）张文胜

韩祠挺出云之巅，祠下大道如青天。

纷纷跷篸将颖出，耿耿铅椠倚灯传。

目击道存峹夏鼎，浴沂风雩渺春烟。

春帆一日东到海，知与鲸鲵孰后先。

（原载《诗词》2021年第13期）

外滩临眺

（上海）常瑛玮

晓钟声里独逡巡，霾起高楼迷远津。

照眼灯光扰人梦，入天江影杂衢尘。

飘蓬踪迹前宵雨，落木生涯廿载身。

堪羡舟前一风翮，抟云千里未能驯。

（原载《诗词》2021年第14期）

浣溪沙 香雪节过后萝岗探梅

（广东）陈东彩

十里梅林晚更幽，人潮退尽我来游，望中层雪不多留。

残瓣暗香余叶底，垂珠青涩压枝头，翠禽宛转说离愁。

（原载《诗词》2021年第14期）

己亥中秋晚登寿山望高雄港有怀

（贵州）李亚林

南亭秋影入残霞，数点青山晚更嘉。

寂寂云帆生树杪，悠悠孤屿绕天涯。

悬车无奈作流客，曳履谁怜未著家。

久望渡轮归港口，海湾深处早栖鸦。

（原载《诗词》2021年第14期）

与妻通话作

（湖南）周崇坤

细雨初来天乍寒，知君线上正开餐。

一城灯火阑珊夜，两处加班互问安。

（原载《诗词》2021年第14期）

念奴娇 大鹏所城有怀

（福建）蔡文帛

我来吊古，看屏山傍水，大鹏城阙。六百年间多少事，指点云涛千叠。倚剑炎荒，剪鲸穷海，化碧英雄血。将军村在，至今追慕前杰。

禹域门户天开，鹏抟鲲化，势共春雷发。一夜新城惊崛起，风虎云龙争烈。复道盘纡，层楼栉比，潮涨南溟雪。古今如镜，海门飞挂明月。

（原载《诗词》2021年第15期）

金缕曲　白鹤岭

（福建）余新标

鹤岭云泉系。处西峦、龙行百里，江城宏丽。涯岸东鳌依沧海，入画郭如蕉细。有乔树、道延相继。无数诗豪吟雅赋，墨临池刻字崖间艺。花惜赏，山图志。

随途履迹鸿盘至。偶钟声、禅音盈耳，静心明义。相望行舟如蝼蚁，数点烟楼天际。聚车马、麓林平地。又染喧嚣红尘昧，久孤怀渊潜谁同至。邀隐客，避浮世。

（原载《诗词》2021年第15期）

偶梦小学三年级女同学

（四川）杨云

竟看卅二年，重逢梦中席。

双臂环抱我，恼我漫猜客。

握汝粗糙手，疑汝多窘迫。

问安到令堂，汝道神尚奕。

问安到令妹，泫然忽不怿。

只说得癔症，终日困其宅。

愧我不善言，默坐空相惜。

须臾竟梦醒，怅然失魂魄。

艰难忆汝名，何堪同窗昔。

乏善不可陈，些些童年迹。

一别隔参商，如何梦今夕。

汝于何处家，汝更谁为适。

夫婿与儿女，是否情脉脉。

是否偶然里，梦我流光隙。

是否万人海，擦肩春风碧。

（原载《诗词》2021年第15期）

踏莎行 闻祝融号火星车成功登陆

（四川）岳泓坤

渺渺诸天，荧荧一望，异方神物长驰想。星槎稳泛太虚清，河源奉使今来往。

欲语玄黄，相求苍茫，不教风月成孤赏。祝融车辙看纵横，欣然托宿其皋壤。

（原载《诗词》2021年第15期）

谒大足金山寺

（四川）叶兆辉

云笼禅寺古，鸿雪认零星。

一水浮天远，千峰照眼青。

碣碑怜旧制，钟磬许同听。

自笑身如寄，叩门僧未扃。

（原载《诗词》2021年第15期）

高阳台 红海滩观潮

（辽宁）陈发彬

鸟语惊寒，涛声听远，云天一线奔雷。鼍鼓千挝，银山列阵崔嵬。风翻雪浪滩涂上，把碱蓬、浣洗千回。问鸥波、谁拾烟光，对此忘归。

澄怀不必登高望，坐千寻翠浪，十里红帷。闹蟹游鱼，逍遥嬉戏丸泥。渔歌起处乾坤净，舞赤霞、璨曜虹霓。放吟怀，骀荡流年，壮思翩飞。

（原载《诗词》2021年第15期）

鹊桥仙 七夕

（广东）林泽武

来时红豆，去时白露，长向清秋清瘦。江南江北望云烟，一水隔、丹枫青柳。

飞星无恨，鹊桥无路，人在眼前身后。明年今日更相思，不得语、泪藏罗袖。

（原载《诗词》2021年第16期）

虞美人

（广东）黄文新

　　黄昏惯听梧桐雨，燕共人归去。故园几日是中秋，可有当时明月、旧时楼。

　　别来心事还依旧，但寄双红豆。怜他枫叶也思人，吹下千山秋色、到谯门。

（原载《诗词》2021年第18期）

望海潮 望

（福建）陈黑牛

东南形胜，天然良港，厦门自古雄风。渔唱晚舟，花开四季，中华白海豚踪。波碧映云空。绿畴萦回久，微雨烟蒙。漫步骑楼，与中山路旧时逢。

湖光山色天穹。有凤凰正艳，三角梅红。琴岛弄珠，台湾唱曲，嬉嬉百姓相通。带水一衣中。海峡连宝岛，家国亲同。别恨绵绵日月，喜两岸飞虹。

（原载《诗词》2021年第18期）

渡江云

（天津）汤成长

润烟分野色，送些冷淡，春陌雨痕青。正愁红闷绿，力浅风疏，依约递残莺。余寒淡霭，喜初飞、乳燕轻盈。偏几番、落花狼藉，往往动吟情。

无凭。荒郊载酒，晚浦寻芳，倚垂杨醉醒。空放怀、云归鸥社，潮上沙汀。他朝选胜知何处，忆旧游、慷慨生平。新恨起，时时杜宇经营。

（原载《诗词》2021年第18期）

过上党门

（山西）张春义

高低遗构尚嵯峨，一境风光占独多。

蜃气遥连新栋宇，钟声曾满旧山河。

墙滋苔藓砖皆蚀，匾老云烟字半磨。

封邑今来询往迹，漫劳指点说干戈。

（原载《诗词》2021年第21期）

沁园春 春日黄昏过台城

（江苏）龚波

雨歇新晴，踏车回来，恰好黄昏。见紫峰剪影，云天共和，鸡鸣落照，仙俗难分。风入前湖，烟涛似海，又到台城柳绿春。霞光里，是融融世界，滚滚红尘。

近番杂事纷纭，开年起连绵碎雨浑。纵微寒无碍，诗情匮乏，偶生逸兴，屡次逡巡。误了梅期，荒于酒局，锁进零星不脱身。只今日，得心如奔马，呼啸归真。

（原载《诗词》2021年第22期）

暗香　樱花下

（广东）韦勇

徘徊几度，慕仙云颜色，小山深处。一夜熏风，花事东皇暗调护。更惹莺痴蝶恋，日日向、玉珂飞舞。况十里、粉萼流香，遍染探幽路。

迟暮，作红雨。纵对酒难平，惜春情绪。翠华易去，漂泊天涯叹羁旅。欲把相思倾付，却又恐、梦魂无据。问芳踪、今别后，甚时重遇。

（原载《诗词》2021年第22期）

鹧鸪天 增江望月抒怀

（广东）巫志文

　　遥望蟾光雁塔浮，江天云水两悠悠。增江清澈印明月，花木扶疏上翠楼。

　　星灿烂，月清幽，凤凰山下一江秋。古城灯火如星海，宛若银河落九州。

（原载《诗词》2021年第22期）

村口夜市

（北京）凌钺一

厂房竞远驰，夹道拥稼穑。

车灯鹜深夜，深夜浓于墨。

村口泊末班，站牌觅不得。

但见数灯明，瓦房聚其侧。

灯下三轮车，盈盈列馔食。

羊肉曰新疆，面筋曰辽北。

眼底多蒙眬，倦客汇如织。

或求鹪鹩枝，或诩鲲鹏翼。

早出复晚归，浮沉历京国。

京国与郊村，赫然列两极。

如彼摘星辰，何阶可登陟。

炙肉出炉迟，辣酱掩焦黑。

但餍膏并脂，无暇动凄恻。

肉焦味殊苦，生活何峭刻。

明朝复明朝，还竭命与力。

（原载《诗词》2021年第22期）

高阳台 元旦夜

　　雨幻霓虹，风牵落寞，居然竟是良宵。小酌高楼，凭栏往事迢迢。消愁自古樽中酒。问谁人、酒尽愁消。只徒然、酒入枯肠，双鬓萧骚。

　　嗟叹碌碌功名事，正蹉跎度日，芳思全抛。往事萦怀，年华辜负今朝。耳边忽起舒心曲，竟心生、种种无憀。最难禁、心入前尘，春在林梢。

重庆至日前夜偶见月轮有作

（安徽）吴璜

风露泠泠净蜀天，穷阴忽对一灯悬。

流黄入夜犹辉熠，团扇当秋易弃捐。

并坐江头曾照影，相思海上又经年。

人间漫说星槎返，不见姮娥只渺然。

（原载《诗词》2021年第24期）

2022
年

庚子自寿

（湖南）杨新跃

才过小寒长日风，自怜况味叹牢笼。

肝肠世事俱如铁，腰腿中年幸似铜。

地寿栎樗因物理，民将愚鲁衬天聪。

围炉久坐加餐饭，白发苍然映火红。

（原载《诗词》2022年第1期）

菩萨蛮 小寒前一日饶平东明村访梅

（广东）陈焕湘

岭南岁杪晴无雪，时闻山野开清绝。偷暇避嚣尘，行吟赏美人。

春风犹未觅，春思竟何急。坐爱暗香馨，遽然啼鸟醒。

（原载《诗词》2022年第1期）

小寒感怀

（浙江）吴容

嶙峋瘦骨不堪鞭，投老无成怕问年。
荣谢应知《齐物论》，是非难悟《达生篇》。
空将鲈脍招张翰，未有诗章揖惠连。
时序冲寒人似鹤，三分梅气到吟边。

（原载《诗词》2022年第1期）

腊八红花湖赏白梅拈枝存照

（广东）杨子怡

日逢双节到芳津，遗恨壶天未买邻。
玉骨凌湖才破腊，冰魂缀岭拟传春。
学禅悟理拈花笑，临镜抹妆施粉匀。
老我头霜宜入列，添梅一朵莫疑真。

（原载《诗词》2022年第1期）

看公子视频有作

（湖北）廖国华

福田万树梅，开在峭寒里。

南湖水不波，波澄浑无滓。

如何袭人香，忙煞毓公子。

妙手拍视频，花容俏映水。

娇靥泛桃红，非复桃源比。

宫粉点朱砂，景阳空羡此。

多少绿萼仙，倚云着罗绮。

香兼影同清，花与人争美。

已教水族欢，更令山灵喜。

因之动上苍，敕令充春使。

为诗累老夫，诗陋人还鄙。

（原载《诗词》2022年第1期）

雨霖铃　寄夫

（安徽）李明科

　　当时分别，正秋田净，雁过声切。城关镇外风冷，望君去处，霜天空阔。已把高堂托付，更情重心热。至此后、家事操劳，不尽心声与谁说。

　　此时正落梨花雪。对孤灯、冷透相思骨。料君此时难睡，营地静、练兵初歇。可笑痴儿，言父归来定在春节。但剪下、几朵梅花，寄与边关月。

（原载《诗词》2022年第2期）

除夕

（浙江）尹诺

竟夕灯明守岁迟，万红千紫欲出时。
忽然银汉飞花火，夺得人间第一枝。

（原载《诗词》2022年第2期）

除夕前日归家对雨

（广东）黄志彬

寒雨江村岁欲更，归来又见陌头英。
还将无限忧心事，付与潇潇夜雨声。

（原载《诗词》2022年第2期）

除夕

（广东）刘金明

一生能有几居诸，倏尔今朝到岁除。

玉翠新蒸两箩粔，猩红重贴八分书。

妍花媚柳看应快，细燕微蜂过尚徐。

但得堂前长把酒，人间日永驻征车。

（原载《诗词》2022年第2期）

绮罗香 除夕雨霁逢立春

（江苏）杨益安

　　雨洗年关，风梳节意，正合新正情趣。岁杪流光，恰是立春时序。又怎能、忘却曾经，自思忖、近同书蠹。到头来、辜负初心，新书满架此生误。

　　回眸尘履印迹，多是闲情几许，游踪无数。碎语微吟，尽录此中端绪。立命凭、人不藏私，安身自、心痴如故。雨过也、胜日新晴，正霞光破曙。

（原载《诗词》2022年第2期）

迷仙引　登镇北台

（河北）周镭

披甲楼台，高耸齐云，旧迹新阙。旱柳争奇，青茸欣把沙抹。奋力登、风领我，觅千秋忠烈。迎竞跑莽原，墙堄河静，红山墩屹。

往事千年越，将士英魂灭。渺小寰球，匆匆蝼蚁无名血。染就了、江山馥郁。碧天如浣洗，澄明壮阔。

（原载《诗词》2022年第2期）

次韵陶渊明《杂诗》十二首（其二）

（浙江）金成群

日夕水亭中，归云落西岭。

天长空林晚，上方好观景。

三折流水白，一轮山月冷。

万类知时节，篱畔赏修永。

悠然只如此，相对唯闲影。

岁与年光老，拙意但自骋。

悲守非所宜，因之期高静。

（原载《诗词》2022年第2期）

夜行厦门鹭江道见鼓浪屿郑成功石像有题

（上海）宋彬

远逐荷夷独总戎，船开鳌背策奇功。

台澎未改一衣带，兴替曾经两岸风。

鼓浪而今遗石像，思明终古鉴孤忠。

我来隔涉唯长望，夜火星光敛碧空。

（原载《诗词》2022年第2期）

满江红 黄浦码头百年记忆

（上海）汤敏

拍岸江潮，倾诉着、百年宕轶。黄浦水、急流奔涌，远帆争发。敦学青年筹壮志，勤工赴法寻明哲。抱理想、锚起响龙鸣，风云阕。

雷霆骤，奔热血。星火烁，家山挈。负笈过海域，为遒天铖。难忘前人行杖勇，换来华夏银鸥斡。伫码头，记起那年衷，红霞缬。

（原载《诗词》2022年第2期）

青玉案 元夕

（安徽）方正卿

高楼今夕谁些个，竟无月，人慵惰。满目车流如闪躲。双双交语，三三行坐，隔影分花火。

此春深怕黄昏过，终是琴箫不成和。空剩形骸唯日课。一襟霜染，一程尘涴，字与心头锁。

（原载《诗词》2022年第3期）

立春有怀

（江苏）马征

荆溪山色涌寒晖，典尽貂裘隐翠微。

十里春畦凭韭绿，半坡霜蕨叹君非。

小梅未著花犹睡，处士虽孤鹤未飞。

涧壑苍茫生雪意，一舟时带白云归。

（原载《诗词》2022年第3期）

春夜独坐

（广东）李燕碧

壮岁屐痕几欲寻，春光明媚逗诗心。

清词一阕情牵我，紫砚半边闲置今。

同好堪倾司马笔，知音怕负伯牙琴。

老而能饭莫回首，冷月无声夜渐深。

（原载《诗词》2022年第3期）

鹧鸪天　立春观冬奥会开幕式

（福建）罗永珩

今岁新正烟雨寒。山乡宽暇自清欢。拥衾长日能高卧，把酒堆盘劝饱餐。

追谢客，愧袁安，忘情犹未到衣冠。神京盛会迎宾客，律转风回举世看。

（原载《诗词》2022年第4期）

题千里江山图

（江西）陈祥康

其为山水之写意乎，一派烟霞生旖旎。

其为丹青之瑰宝乎，长卷锦绣叹观止。

睹物遥忆政和年，徽宗好艺尚侈靡。

翰林画院集良才，亲授技法与孺子。

王氏少年启匠心，漫将青绿渲满纸。

江山万象信手裁，绢上咫尺容千里。

水天远近入空冥，叠嶂幽岩绚如此。

描图设色何蔚然，彩笔长留丹青史。

雄浑一气视茫茫，无乃造化之神技。

我今观画慨且嗟，千秋尘事兴亡里。

岂不见山河失色金风起，幅裂区分靖康耻。

又不见巨浪倾天覆崖山，十万军民同日死。

神州陆沉信可悲，昆明劫灰何堪喜。

国家运数总冥冥，文物得失应如是。

但愿此图长留天地间，金瓯无缺干戈弭。

传之代代后来人，千里江山共相指。

（原载《诗词》2022年第4期）

玉泉寺梅花诗会有作

（河北）郑力

且信山穷水未穷，才教觉岸一时通。

云还有相氤氲碧，梅自无心寂寞红。

榻上僧言开便好，枝前客照影皆空。

可怜尘海纷繁里，谁不奔忙为彼从。

（原载《诗词》2022年第5期）

崖山怀古

（宁夏）杜学华

人间三月已春深，却见崖山地气阴。

十万冤魂声戚戚，千秋忠骨意沉沉。

苍天不恤孤臣泪，碧海应怜赤子心。

难释胸中无限恨，离歌总向耳边侵。

（原载《诗词》2022年第5期）

招饮豫之地山二君

（广东）曾鑫洁

海内犹存数腹心，三杯未兴五更沉。

明朝忆及当年事，王子吹箫我抚琴。

（原载《诗词》2022年第6期）

鹧鸪天　过六榕寺

（湖南）熊东遨

一朵苍苔点破春，青衫待补割凉云。可能近寺蟾光好，渐觉穿林鸟语新。

追雨脚，测溪痕，百年消涨问何人。山僧醉倒榕阴下，酒是东坡去后温。

（原载《诗词》2022年第8期）

浣溪沙 壬寅上巳游荔湾湖

（广东）周燕婷

一剪东风絮影飘，莺声响过荔湾桥，偎人无力柳支腰。

花雨生香添暝色，江云作势起春潮，归来眉月在晴霄。

（原载《诗词》2022年第8期）

行香子 上巳荔湾雅集

（广东）张海鸥

福祉绵绵，祓禊年年。趁一江春水如烟。乾坤气爽，诗酒陶然。载一船歌，一卷古，一生缘。

荔湾雅韵，羊城嘉趣，在流觞亦在云山。且持卮酒，敬谢时艰。愿战长停，疫长解，事长圆。

（原载《诗词》2022年第8期）

壬寅上巳湾区诗会雅集与诗家放游荔枝湾

于文昌塔下即兴赋诗一章

（广东）雍平

赓歌接响涉湾洄，赖有云章此妙裁。

文胆犹存能桂折，诗心只合为花开。

掷毫奇郁青霞志，惊座浓摛白雪才。

最忆南山遗响远，清时乘兴借光来。

（原载《诗词》2022年第8期）

壬寅上巳雅集过荔枝湾

（广东）李舜华

离离寻梦到春涯，寒掩西关万树花。

一夜风莺来又去，海云蒸雨叱龙蛇。

（原载《诗词》2022年第8期）

壬寅上巳节咏荔湾文塔

宝塔高千仞，比肩文曲星。

楼窗行日月，檐角探天庭。

青瓦留诗韵，朱门余德馨。

功名身外物，报国未曾停。

芒种日见青梅图有感

（辽宁）宋玉秋

江南梅雨季，北地夏初长。

秧插青田满，网罾烟水凉。

鸡窗催晓日，鱼槛送斜阳。

无以煮清酒，新盛角黍香。

（原载《诗词》2022年第12期）

减字木兰花

（广东）郭树宏

湖山清澍，笛外春空花最苦。香冷轩窗，贴地徐飞燕一双。

从争明日，荷影涟漪天与碧。人似沙鸥，独立黄昏点点愁。

（原载《诗词》2022年第12期）

疏影 德江玉溪河印象

（福建）陈光明

馨香馥郁。此水天上有，能几回掬。客里相逢，迷里黄昏，无言自把芳醁。谁人可懂廊桥柳，寂寞了、波邻悬瀑。料玉琼、涌出龙阡，倒泻梦溪悠谷。

收尽残霞过雨，忽惊两白鹭，飞近西麓。酒色街旗，醉语呢喃，拂耳相思离曲。还留一片娥眉月，却也怨、长亭幽独。喜静看、潇洒清流，已是露红烟绿。

（原载《诗词》2022年第12期）

咏红棉

（广东）胡荣锦

风露当前不敛襟，桓桓衣袂褪春阴。
争瞻花气英雄态，烛地烧天赤胆心。

（原载《诗词》2022年第12期）

羊城木棉歌二首

（江苏）张自军

（其一）

嘉禾街与越王台，二月羊城映日开。

雨打风吹红不尽，初心应向此中裁。

（其二）

万树披霞粤海东，一身正气属英雄。

似泅七十二人血，岗上无花不带红。

（原载《诗词》2022年第12期）

赵佗献烽火树

（海南）韦俊

木棉花放赵王宫，南粤江边映日红。
一片光明烽火里，长安门外立英雄。

（原载《诗词》2022年第12期）

江城子 木棉

（广东）苏俊

珊瑚挑起日轮红。火云重，怒烧空。十万横磨，剑器舞东风。第一岭南春辣眼，携浊酒，坐芳丛。

人间几度识英雄，豁心胸，吐霓虹。惊醒芸芸，不待五更钟。蹈海甘随梅后死，天下士，问谁同。

（原载《诗词》2022年第12期）

木棉花落有感

（广东）陈飘石

傲岸红棉风雨摧，繁花堕地化尘埃。
平生不负英雄气，蓄势来春更怒开。

（原载《诗词》2022年第12期）

大暑古都书院饮别武林诸子

（四川）唐龙

大鹏垂翼卧槽丘，冷公觑世无全牛。
步堂猎杯天花坠，郁庵怀匕敛精眸。
三巡范侠始兴发，长安少年已醉讴。
别具神貌山间雪，武林雅尚笼袖收。
我幸吹竽得陪坐，哑嗓猥形颇自羞。
西湖鱼烩四明笋，奇味盈舌笑五侯。
推食披襟古能几，丈夫莫矜蹄涔游。
过手青瓷同眸色，剧谈生风消暑忧。
夜深离弦何忍拂，明日烟波结钓舟。

（原载《诗词》2022年第14期）

古诗为岭南秦汉史事而作

（广东）陈鸿钧

秦人持戈来，旌旗蔽云天。

车骑十万众，逶迤五岭间。

五岭何崔嵬，百里无人烟。

自古交通少，逾度嗟乎难。

凿渠开河运，厥酋名史监。

灵渠一朝成，湘桂一水连。

江水流浩浩，舳舻来绵绵。

将士半生死，秦皇并岭南。

遣吏设郡县，徙氓实陲边。

始识汉文字，乃服汉衣衫。

驰道传佳果，犀象供珍玩。

于役驱黔首，焚书废儒冠。

秦国祚不永，万世愿成空。

大泽戍卒啸，刘项斩祖龙。

斯时南海尉，据险以营疆。

筑城奠基业，绝塞待秦亡。

尉陀英武略，治粤垂拱中。

自谓蛮夷长，煌煌居华宫。

目中无萧韩，亦轻高祖功。

刻玺称帝号，衮冕还自封。

黄屋及左纛，悉与中国同。

因俗揖百越，制礼秩鼎钟。

汉初国力绌，帝驷靡纯驹。

岭表千里遥，鞭长莫可及。

两番叨使节，相安衅弗起。

如此数十载，佗亦抱孙儿。

汉武矜战伐，开边意方兴。

灭胡射天狼，平粤赐长缨。

将军号伏波，战舰曰楼船。

六军一齐移，石门不为关。

烽火漫天烧，宫阙咸遭燔。

百年偏霸国，从此付灰烟。

烟散灰烬尽，忽忽逾千年。

往来成今古，人事每代迁。

年年越王台，岁岁草芊芊。

当时废宫苑，湮没阛阓间。

我来寻旧迹，茫茫何所瞻。

曲渠石鳞鳞，枯井伴残垣。

觅迹得残瓦，字蚀土花斑。

以此堪惆怅，临风思杳然。

摭拾佗王瓦，奇文聊释诠。

千秋与万岁，花好月常圆。

（原载《诗词》2022年第14期）

柳梢青　越王城山怀古

（山西）李海霞

波隐红鱼。滩栖白鹭，春到湘湖。洗马池边，越王祠外，翠竹千株。

教人长忆当初。卧薪地、图强伐吴。祖道凭栏，闲亭把盏，云卷云舒。

（原载《诗词》2022年第14期）